LA CAGNOTTE

Dans Le Livre de Poche

LE VOYAGE DE MONSIEUR PERRICHON
UN CHAPEAU DE PAILLE D'ITALIE

LES CLASSIQUES D'AUJOURD'HUI

EUGÈNE LABICHE

La Cagnotte

Présentation et notes de
Marie-France Azéma

LE LIVRE DE POCHE

PRÉSENTATION

La Cagnotte est d'abord un vaudeville, une comédie qui propose sans complexe à un public qui n'est venu que pour cela, de s'amuser toute une soirée.

Le terme de vaudeville, très ancien, désigne à l'origine une chanson gaie, souvent liée à l'actualité. Au XVIIIe siècle, le théâtre populaire propose aux spectateurs des « Comédies à vaudevilles », autrement dit des pièces amusantes entremêlées de chansons, souvent reprises au répertoire connu du public, dont on adapte les paroles aux circonstances. Puis le théâtre l'emportera sur la chanson, mais le titre de « vaudeville » restera pour désigner une forme de comédie légère, distrayante. Le genre du vaudeville triomphe au XIXe siècle, d'abord avec Scribe, puis avec une foule d'auteurs presqu'aussi oubliés que lui aujourd'hui, qui en écrivirent à eux tous près de 10 000. Comme eux, Labiche et, quelques années plus tard, Feydeau, composaient à la hâte des pièces qui ne devaient durer qu'une saison. Mais il arrive que la hiérarchie du talent bouscule celle des genres : ces deux auteurs ont su hisser ce divertissement à la hauteur des classiques.

En 1864, lorsqu'il écrit *La Cagnotte*, Labiche a déjà derrière lui une longue carrière. Il a connu en 1851 un véritable triomphe avec le *Chapeau de paille d'Italie*[1]. *La Cagnotte* appar-

---

1. Voir Livre de Poche n° 4497, collection « Classiques de poche ». Introduction et notes de Henry Gidel.

tient à la même veine et les contemporains ont tout de suite comparé les deux pièces. D'abord ce sont des pièces en cinq actes, et Labiche n'en a écrit que quatre, alors qu'il a composé plus de cent pièces en un seul acte. Et ce sont l'une et l'autre des « comédies-cortège » : un groupe de personnages se trouvent embarqués dans une suite d'aventures grotesques sur un rythme qui leur fait perdre leurs repères et les place malicieusement dans des situations saugrenues où tout devient possible.

La Cagnotte nous présente des bourgeois de province, ceux dont Labiche a fait ses héros favoris : dans un salon dont on n'enlève pas les housses (pas question de salir le tissu !), se retrouvent des habitués, pour une rituelle partie de « Bouillotte ».

Ces bourgeois, nous les connaissons déjà : caricaturés par Daumier, traités avec dérision par Flaubert, déguisés en dieux antiques avec Offenbach, ce sont les notables qui règnent à peu près de droit divin de la monarchie de Juillet à la Troisième République. Ils sont présentés ici avec une bonhomie souriante. Labiche, on l'a dit, affiche un conservatisme sans complexe : il ne vise pas à changer la société, il se contente de la montrer à ceux-là même qui la composent et qu'il invite à en rire franchement avec lui.

Car tout en eux est drôle, à commencer par leurs noms trop vrais pour n'être pas suspects. Au centre, le pontifiant maître du salon, Champbourcy, fier d'une pompe à incendie qui ne sert à rien, et qui a gardé de lointaines études de latin, le goût de se voir en général, fût-ce d'une armée en déroute. Dans les cas graves, il invoque *« la civilisation »* et aime à rappeler aux femmes que c'est lui qui commande. C'est à cet Orgon de province que Labiche attribue les coq-à-l'âne les plus ridicules : *« le mariage... c'est un bouton de paletot »*. Lui fait face, comme une autre potiche sur la cheminée, Cordenbois le pharmacien, toujours prêt à disputer la dignité de premier personnage de La Ferté-sous-Jouarre. Labiche, observateur discret de la société rurale, les a flanqués d'un fermier enrichi, qui ne s'exalte qu'à l'idée de fumier, de *« naviaux »* et de porcs à égorger. La vieille demoiselle a les petites manières d'usage et les jeunes gens ne sont guère plus déroutants : à la première occasion, Sylvain se déclare *« le fils à Papa »* et mademoiselle

Blanche prépare, avec les émois convenus, sa corbeille de mariage.

Ce soir, on doit décider de l'emploi de « la cagnotte », une somme d'argent économisé sou à sou (moins les boutons !), chaque fois qu'un joueur étale un brelan. Tout en comptant laborieusement leur fortune, le notaire, le pharmacien, le fermier retraité, la vieille demoiselle décident de faire ensemble un grand voyage : une journée à Paris. C'est donc à Paris que se dérouleront les quatre actes suivants.

La capitale permet aux âmes tendres de rêver – mais sagement, autrement dit sans rien dépenser – d'un peu d'amour : le jeune Sylvain verrait bien *« une petite boulotte »*, la demoiselle montée en graine, *« un beau jeune homme »* ; Cordenbois, pourtant bien pingre, s'achète même dans l'espoir de séduire une ceinture qui lui fait bizarrement bomber le torse. Même le fermier à la retraite avoue que, certains dimanches, il se sent *« gaillard »*, autrement dit prêt à dépenser un louis ! « La Cagnotte » devrait offrir à chacun l'occasion de faire des folies.

Mais le jeu d'une fatalité comique transforme le voyage en un cauchemar éveillé : un engrenage infernal leur fera passer une journée terrible et à nous un bon moment. Pris pour une bande de voleurs, ces paisibles habitants de Seine-et-Marne en viennent à creuser un trou dans la muraille du commissariat de police en chantant l'Opéra, et finissent la nuit dans des brouettes sur un de ces chantiers dont Haussmann a couvert la ville. Heureusement, monsieur Félix, le jeune clerc de notaire plein d'avenir, le prétendu de mademoiselle Blanche, ramènera tout ce petit monde à La Ferté-sous-Jouarre, où l'on est à l'abri de tout, même des rêves.

Tous les procédés comiques sont mobilisés pour nous amuser. Le langage, simple et cocasse, mêle quiproquos, lapsus, parodies ; les tics et les manies des personnages se télescopent ; les objets surgissent de façon incongrue : les pierres s'échappent des poches et les plateaux de brioches se vident en un clin d'œil. Bergson a bien décrit dans *Le Rire* ce mécanisme du comique de situation dans lequel Labiche excelle. Dans *La Cagnotte*, on peut dire qu'il entraîne ces petits bourgeois dans un mouvement presque onirique : nous sommes en plein Carnaval et la pièce joue sur le glissement des apparences. Chacun pour une raison ou une autre se trouve contraint de changer de rôle : pour se marier, on assiste à une fausse soirée, dans un habit d'emprunt ; et quand pour se tirer d'affaire, on donne l'adresse d'un hôtel, celui-ci n'existe plus. Impossible de mettre les boucles d'oreilles en gage, elles sont fausses. Tout échappe à ces braves gens bourrés de certitudes.

Créée au Théâtre du Palais-Royal le 22 février 1864, *La Cagnotte* connut un succès immédiat et fut jouée sans discontinuer pendant quatre mois, ce qui à l'époque constituait une sorte de record. En 1905, on fêtait la millième représentation. Entrée au Théâtre-Français en 1988, elle fait désormais partie du patrimoine. Son interprétation s'est, naturellement, infléchie : on est, selon les époques (faut-il dire les modes ?) plus sensible à la satire sociale latente, ou plus séduit par le côté délirant des aventures de nos provinciaux, voire prêt à tirer Labiche du côté du théâtre de l'absurde. Mais le public moderne voit bien ce qui unit Labiche et le comique propre au XXe siècle. Il y a du Buster Keaton dans cette succession de ce qu'on n'appelait pas encore « gags », il y a de la comédie américaine dans ce scénario au rythme cocasse : il s'agit d'abord de rire et de rire de bon cœur.

REPÈRES CHRONOLOGIQUES

Dates	Vie de Labiche	Les grandes dates du Théâtre de Boulevard
1815	Naissance de Labiche dans une famille d'industriels aisés.	
1838	Premier vaudeville : *M. de Coyllin* ou *L'Homme infiniment poli.*	
1842	Mariage avec la fille d'un riche minotier ; Labiche promet de ne plus écrire.	
1844	Reprise des travaux littéraires : succès du *Major Cravachon.*	
1848	Labiche se présente comme candidat républicain ; battu, il en conçoit une certaine amertume qui transparaît dans *Le Club champenois.*	
1850	*Embrassons-nous Folleville.*	
1851	*Un chapeau de paille d'Italie.*	
		1852 — Dumas fils : *La Dame aux camélias.*
1853	Achat d'un domaine à Souvigny-en-Sologne. Labiche deviendra maire du village et consacrera la plus grande partie de son temps à la gestion de sa propriété.	
		1854 — Émile Augier : *Le Gendre de Monsieur Poirier.* 1860 — Mort de Scribe, le plus célèbre vaudevilliste de la première moitié du XIXe siècle. — *Les Pattes de mouche* : le plus grand succès de Victorien Sardou.
1864	*La Cagnotte* au Palais-Royal. Demi-échec de *Moi*, joué à la Comédie-Française.	1864 — Offenbach (Meilhac et Halévy) : *La Belle Hélène.*
1878-1879	Publication du « Théâtre complet » (en fait seulement 57 pièces, soit le tiers de sa production).	
1880	Élection à l'Académie française.	
1888	Mort d'Eugène Labiche à Paris.	
		1897 — Edmond Rostand *Cyrano de Bergerac.* 1899 — Feydeau : *La Dame de chez Maxim.*

La plupart des pièces de Labiche ont été écrites en collaboration, comme c'était l'usage pour les vaudevilles. Les critiques qui se sont penchés sur la question ont tous conclu à l'originalité de son œuvre et estiment qu'il s'est surtout servi de ses collaborateurs pour tester l'efficacité de son écriture sur ce qui constituait, en quelque sorte, son premier public.

Eugène Labiche par Ernest de Liphart.

Photo Jean-Loup Charmet.

La Cagnotte

Comédie-vaudeville en cinq actes
par Eugène Labiche et Alfred Delacour

REPRÉSENTÉE POUR LA PREMIÈRE FOIS SUR LE THÉÂTRE DU PALAIS-ROYAL, LE 22 FÉVRIER 1864

Personnages

		Acteurs qui ont créé les rôles
CHAMPBOURCY, rentier	MM.	*Geoffroy*
COLLADAN, riche fermier		*Brasseur*
CORDENBOIS, pharmacien		*Lhéritier*
SYLVAIN, fils de Colladan		*Lassouche*
FÉLIX RENAUDIER, jeune notaire		*Gaston*
BAUCANTIN, percepteur		*Kalekaire*
COCAREL		*René Luguet*
BÉCHUT		*Pellerin*
LÉONIDA, sœur de Champbourcy	Mmes	*Thierret*
BLANCHE, fille de Champbourcy		*Damain*
BENJAMIN, garçon de café	MM.	*Fitzelier*
JOSEPH, domestique de Cocarel		*Chambly*
TRICOCHE, épicier		*Félicien*
MADAME CHALAMEL, fruitière	Mme	*Blanche*
DEUXIÈME GARÇON DE CAFÉ	MM.	*Paul*
TROISIÈME GARÇON DE CAFÉ		*Mosny*
UN GARDIEN		*Ferdinand*

De nos jours. Le premier acte, à La Ferté-sous-Jouarre. Les actes suivants, à Paris.

ACTE PREMIER

A La Ferté-sous-Jouarre[1]. *— Un salon de province. — Portes au fond, à roite et à gauche. — Tables, chaises, lampes, etc. ; cheminée au premier plan à droite, table de jeu à gauche, guéridon à droite, chaises couvertes de housses, secrétaire, table, etc.*

SCÈNE PREMIÈRE

CHAMPBOURCY, COLLADAN, CORDENBOIS, FÉLIX RENAUDIER, BAUCANTIN, LÉONIDA, BLANCHE

Au lever du rideau, Champbourcy, Colladan, Cordenbois et Félix sont assis à gauche autour d'une table éclairée par une lampe et jouent à la bouillotte. Blanche et Léonida sont assises à droite, auprès d'un guéridon éclairé par une lampe ; elles travaillent. Baucantin occupe le milieu de la scène et lit un journal.

BLANCHE, *à Léonida.* Ma tante, vous ne faites donc pas votre partie de bouillotte[2] ce soir ?

---

1. Chef-lieu de canton de Seine-et-Marne (la femme de Labiche était originaire de ce département).

2. Longtemps appelé « berlan » ou « brelan », ce jeu fit fureur sous Henri IV ; il redevient à la mode sous le Directoire avec l'appellation « bouillotte » ; voir les règles du jeu, p. 19.

LÉONIDA. J'attends que le quart d'heure soit fini...

FÉLIX, *à Léonida.* C'est moi qui sors... Dans cinq minutes je vous cède la place.

BAUCANTIN, *montrant le journal.* Parbleu ! voilà une singulière annonce.

TOUS. Quoi donc ?

BAUCANTIN, *lisant.* « Une demoiselle d'une beauté sévère, mais chez qui la majesté n'exclut pas la grâce, jouissant d'un revenu de cinq mille francs placés en obligations [1] de chemin de fer, désire s'unir à un honnête homme, veuf ou garçon, doué d'une santé robuste, d'un caractère gai et peu avancé en âge. On ne tient pas à la fortune. On consentirait à habiter une petite ville bien située. S'adresser, pour les renseignements, à M.X..., rue Joubert, 55. — Affranchir. »

CHAMPBOURCY. Ah ! je la connais, cette annonce-là. Voilà plus de trois ans que je la vois dans mon journal... *(Aux joueurs.)* Je passe ! *(A part.)* J'ai une dent qui me fait mal.

FÉLIX. Je vois le jeu.

COLLADAN. Moi aussi... Qu'est-ce que vous faites ?

FÉLIX. Dix centimes.

COLLADAN. Je file !

BAUCANTIN. Comprend-on qu'une femme s'affiche de la sorte au mépris de toute pudeur...

LÉONIDA. Mais je ne vois pas de mal à cela... Souvent une pauvre femme végète oubliée dans un coin de la province... Dans un autre coin respire peut-être, ignoré, l'être mélancolique qui doit faire son bonheur... La publicité les rapproche.

CORDENBOIS. On dit qu'il s'est fait de très beaux mariages par le canal des *Petites Affiches* [2]... Quant à moi, qui suis garçon [3], ces sortes d'annonces me font toujours rêver...

COLLADAN. Laissez-moi donc ! des bêtises !... quand on veut se marier... on se fréquente... oui, oui, on se fréquente... Lors-

---

1. Placements qui rapportent des revenus fixes, donc considérés comme sûrs et prudents (par opposition aux actions, dont le cours varie). Le Second Empire est la grande époque de l'investissement dans les chemins de fer.

2. Journal de petites annonces ; il s'en publiait un en Seine-et-Marne à cette époque.

3. Célibataire.

que j'ai voulu épouser Mme Colladan, ma défunte... je l'ai fréquentée... et ferme !

CHAMPBOURCY. Voyons ! au jeu ! au jeu ! Nous perdons notre temps !

LÉONIDA, *se levant*. Neuf heures un quart... mon tour est arrivé.

CORDENBOIS, *à Léonida*. Laissez au moins finir le coup.

FÉLIX, *cédant sa place avec empressement*. Non, mademoiselle... je vous en prie...

Léonida s'assied. Blanche prend la place de Léonida et Félix celle de Blanche.

CORDENBOIS. Vous voulez toujours être au jeu... c'est de la voracité !

LÉONIDA, *avec aigreur*. Monsieur Cordenbois !... Je ne prends pas votre place... soyez poli... si vous le pouvez...

CORDENBOIS, *furieux*. Mademoiselle !

CHAMPBOURCY. Voyons ! la paix ! vous êtes toujours à vous disputer... entre compère et commère [1]...

LÉONIDA. Ah ! ouiche [2] !

CHAMPBOURCY. Souvenez-vous que vous avez tenu sur les fonts [3] le fils du sonneur de Saint-Paul... notre paroisse...

COLLADAN, *à Léonida*. Même que, ce jour-là, M. Cordenbois vous a fait cadeau d'une paire de boucles d'oreilles.

CORDENBOIS, *vivement*. Ne parlons pas de ça... c'est à moi de donner...

Il donne les cartes.

BLANCHE, *à Félix*. Vous allez être un quart d'heure à vous ennuyer.

FÉLIX, *bas*. Ah ! mademoiselle Blanche... les plus jolis quarts d'heure de mon existence sont ceux que je passe près de vous.

CHAMPBOURCY. Je suis carré.

---

1. Parrain et marraine d'un enfant deviennent entre eux « compère » et « commère » (comme le sont aussi les beaux-parents respectifs de deux époux) ; il est d'usage que le parrain fasse un petit cadeau à la marraine.
2. Variation familière sur « oui » avec une nuance de réticence (comme notre « oui, c'est ça ! »).
3. Baptismaux (ancien mot pour « fontaine »).

LÉONIDA. Passe !

COLLADAN. Passe !

CORDENBOIS. Je tiens... parole au carré !

CHAMPBOURCY. Mon tout ?

CORDENBOIS. Qu'est-ce que vous avez ?

CHAMPBOURCY, *vivement*. Un brelan !

CORDENBOIS. Alors je passe.

CHAMPBOURCY. Comment ?

CORDENBOIS. Dame ! je vous demande ce que vous avez d'argent devant vous, vous me répondez : « J'ai un brelan... » alors je passe.

On rit.

CHAMPBOURCY. Je ne trouve pas ça drôle !

LÉONIDA. Blanche, apporte la cagnotte [1].

COLLADAN. Vous avez parlé trop vite... moi, quand j'ai un brelan, je serre les lèvres et j'ouvre le nez... comme ça...

LÉONIDA. Alors, on s'en doute !

CORDENBOIS. Arrosons toujours le brelan !

BLANCHE, *se levant et apportant une tirelire en terre, posée sur le guéridon, qu'elle présente à chacun des joueurs*. Un sou [2] ?...

COLLADAN, *mettant un sou dans la tirelire*. C'est ruineux, ce jeu-là.

BLANCHE, *soupesant la tirelire et revenant à sa place*. Elle est joliment lourde.

FÉLIX. Sans compter qu'il y en a trois autres toutes pleines...

COLLADAN. Dame ! depuis un an que nous fourrons des sous là-dedans !...

CHAMPBOURCY. Ce n'est pas pour me vanter, mais je crois que j'ai eu là une heureuse idée...

CORDENBOIS. C'est moi qui ai eu l'idée...

CHAMPBOURCY, *se levant*. J'en demande pardon à M. Cordenbois, notre spirituel pharmacien... Vous nous avez proposé

1. A partir du nom provençal d'un petit récipient, a désigné la corbeille où s'accumulait les mises des joueurs, donc, par métonymie, la somme elle-même. La pièce de Labiche semble avoir contribué à populariser le terme.

2. Monnaie de très petite valeur (20 sous font 1 franc).

RÈGLE DU JEU DE BOUILLOTTE

Quatre joueurs, un jeu de 32 cartes dont on a retiré les Valets, les 10 et les 7.

Valeur : A : 11 R : 10 D : 10 9 : 9 8 : 8...

Chaque joueur dispose d'une *cave* (masse de jetons de même importance pour tous et qui ne peut ni augmenter ni diminuer avant d'être « décavée », entièrement perdue). A chaque partie, le joueur met un jeton au milieu. Le donneur (désigné par la plus forte carte) en ajoute un autre. Puis il distribue, une à une, 3 cartes en sens inverse des aiguilles d'une montre, et retourne la 13e, qu'il place sur le talon. Le joueur à la droite du donneur, après avoir relevé et vu ses cartes, doit parler. Il pourra s'en dispenser en « se carrant », c'est-à-dire en doublant la mise, mais avant d'avoir vu son jeu. Le second peut « se contrecarrer », le troisième « se tricarrer », le quatrième « se quadricarrer ». Si tout le monde passe, le dernier carreur ramasse le tout.

Le premier qui ne s'est pas carré peut : 1° soit passer (ses mises antérieures sont perdues) ; 2° soit ouvrir (« voir » le jeu), en ajoutant autant de jetons qu'en a mis le précédent ; 3° soit enfin surenchérir.

Si certains des joueurs ont abandonné, ils sont obligés d'étaler leurs jeux, qui sont à la disposition des autres, quand il n'y a pas de gagnant par brelan : auront le droit d'y puiser (à leur tour) les joueurs qui ont tenu, du moins ceux qui montrent un As ou un Roi. Dans une même couleur, l'As d'un adversaire empêche le joueur qui possède le Roi de compléter son jeu.

C'est exclusivement le gagnant qui s'emparera de l'ensemble des mises exposées. Il se détermine soit : 1° par la possession du plus fort *brelan* (trois cartes de même hauteur). Le brelan d'As est battu par le brelan carré, c'est-à-dire par un brelan de jeu additionné de la retourne. Le possesseur d'un brelan reçoit en prime un jeton de chaque joueur qui a tenu le coup et qui ne détient pas de brelan. Le brelan carré rapporte deux jetons ; 2° lorsqu'il n'y a pas de brelan, le gain revient à celui qui a le plus grand nombre de points obtenus par les cartes d'une même couleur, soit par son propre jeu, soit par l'addition des cartes disponibles.

En cas d'égalité, le premier qui a parlé l'emporte.

de fonder une cagnotte... c'est-à-dire de nous imposer d'un sou à chaque brelan.

CORDENBOIS. Eh bien ?

CHAMPBOURCY. Oui ; mais dans quel but ? Vous demandiez que la cagnotte fût dépouillée le samedi de chaque semaine et que le produit en fût consacré à des libations de vin chaud et de bichof[1].

COLLADAN. J'ai appuyé ça, moi...

CHAMPBOURCY. D'abord, c'était vulgaire : vous transformiez ma maison en cabaret de bas étage.

CORDENBOIS. Permettez...

LÉONIDA. Et puis c'était injuste... les dames ne boivent pas de liqueurs... Nous étions sacrifiées... comme toujours !

CHAMPBOURCY. C'est alors que je me suis permis d'élargir, si je puis m'exprimer ainsi... les bases de votre projet... j'ai proposé de laisser accumuler les fonds de la cagnotte pendant un an afin d'avoir une somme plus considérable à dépenser... car enfin, supposons que nous ayons deux cents francs.

TOUS, *incrédules*. Oh !

CHAMPBOURCY. C'est possible... nous allons le savoir tout à l'heure... à neuf heures et demie, nous procéderons au dépouillement. Supposons, dis-je, que nous ayons deux cents francs...

COLLADAN. Quelle noce !

CHAMPBOURCY. Notre horizon s'agrandit... nous pouvons donner une fête digne de nous, et qui marque dans les fastes[2] de La Ferté-sous-Jouarre.

LÉONIDA. Voyons ! jouons ! J'ai vu...

CHAMPBOURCY, *se levant*. Je n'ajouterai plus qu'un mot... et ce mot... sera un regret... nous regrettons que M. Baucantin, notre ingénieux receveur des contributions...

BAUCANTIN, *quittant son journal*. Moi ?

CHAMPBOURCY. N'ait pas jugé à propos de partager nos jeux et de subir avec nous les caprices de la déesse aveugle[3].

---

1. Boisson faite de citrons et d'oranges infusés dans du vin rouge, désignée en raison de sa couleur par une déformation du mot allemand « *bishof* » = « évêque ».
2. Nom pluriel qui garde le sens latin de « tables chronologiques » (des romains), « annales ».
3. La Fortune (= la chance) aux yeux bandés.

BAUCANTIN. Le jeu est incompatible avec les fonctions publiques.

FÉLIX. Oh ! par exemple !... Je suis notaire et cela ne m'empêche pas de faire ma partie.

BLANCHE. Et papa est commandant des pompiers.

BAUCANTIN. Ce n'est pas la même chose... Monsieur votre père n'est pas à proprement parler un fonctionnaire...

CHAMPBOURCY, *se levant*. Comment ! mais qu'est-ce que je suis donc alors ? Il me semble que j'ai fait assez pour mon pays pour qu'on ne me chicane pas sur mon titre !

BAUCANTIN. Messieurs, loin de moi cette pensée...

CHAMPBOURCY, *lui coupant la parole*. On paraît oublier bien vite que, si la commune a une pompe... c'est moi qui l'en ai gratifiée !

COLLADAN. C'est vrai ! mais on ne s'en sert pas... Elle se rouille, votre pompe !

CHAMPBOURCY. Ce n'est pas ma faute s'il n'y a pas d'incendie ! Je ne peux pourtant pas mettre le feu aux quatre coins de la ville...

LÉONIDA, *frappant sur la table avec colère*. Ah çà ! joue-t-on, oui ou non ?

CHAMPBOURCY, *se rasseyant*. Moi, je vous attends.

LÉONIDA. Je vois...

COLLADAN, *à part*. Je parie qu'elle a beau jeu. *(Haut.)* Je passe.

CORDENBOIS, *à Champbourcy*. Votre lampe [1] baisse.

CHAMPBOURCY, *se levant*. C'est la mèche qui charbonne... Pardon... voulez-vous me tenir le globe ? *(Il le donne à Cordenbois, qui se lève aussi. Il prend le verre et le donne à Colladan qui se lève également, il arrange la mèche.)* Je disais bien... la mèche charbonne. *(Il reprend le verre à Colladan, le pose sur la lampe, même jeu pour le globe.)* Pardon... Merci !

Tous trois se rassoient.

LÉONIDA. Y sommes-nous enfin ? Je vois...

COLLADAN. Passe !

CORDENBOIS. Passe !

---

1. A pétrole, dont il faut régler la mèche.

CHAMPBOURCY. Passe !

LÉONIDA, *vivement*. Quatre sous ! je fais quatre sous !

CHAMPBOURCY. Tout le monde a passé !

LÉONIDA. C'est agréable ! J'ai quarante en main. *(Regardant les jeux qu'on a jetés sur la table.)* Comment, monsieur Colladan... vous passez avec vingt et un et as ?

COLLADAN. Mademoiselle... Je ne respirais [1] pas ce coup-là.

CHAMPBOURCY. Avec vingt et un et as, on risque deux sous.

CORDENBOIS. Un fermier ! un richard ! fi ! c'est de la carotte [2].

COLLADAN. Quand on ne respire pas un coup...

LÉONIDA. C'est à moi de faire.

Elle donne les cartes.

COLLADAN. Je suis carré... Parlez !

CORDENBOIS, *à Champbourcy.* Votre lampe file [3] !

CHAMPBOURCY, *se levant*. C'est la mèche... *(A Cordenbois.)* Prenez le globe... *(A Colladan.)* Vous, le verre...

Même jeu que la première fois.

COLLADAN, *à part*. Il est embêtant avec sa lampe... J'aimerais mieux une chandelle.

CHAMPBOURCY, *arrangeant sa lampe*. C'est la mèche qui charbonne... *(Reprenant le verre.)* Pardon... *(Reprenant le globe.)* Merci...

Tous trois se rassoient.

CORDENBOIS. Voyons... jouons sérieusement.

Un domestique paraît au fond avec deux lettres.

BLANCHE, *se levant*. Ah ! le courrier de Paris qui arrive. *(Elle prend les deux lettres. Le domestique sort.)* Une lettre pour ma tante, non affranchie.

Elle la lui remet.

---

1. Nous dirions « je ne le sentais pas », avec la même image de « humer ». Colladan a dans l'ensemble un langage un peu maladroit, qui signale le campagnard.

2. « Carotter », au XVIIIe siècle, signifiait « jouer très petit » par allusion — semble-t-il — à la prudence avec laquelle on tire les longues carottes du sol pour ne pas les casser (voir autre image, p. 48).

3. Se dit d'une flamme qui s'allonge dans le verre de la lampe à pétrole (parce que la mèche est mal réglée).

LÉONIDA, *étonnée et se levant*. Pour moi ?

BAUCANTIN, *qui après ces derniers mots a gagné la cheminée*. Moi, les lettres non affranchies, je les refuse.

BLANCHE. Et une pour M. Colladan.

Elle regagne sa place.

LÉONIDA, *à part, après avoir jeté les yeux sur l'adresse*. Cette écriture... grand Dieu !...

Elle met vivement la lettre dans sa poche et vient se rasseoir.

CHAMPBOURCY. Qui est-ce qui t'écrit, ma sœur ?

LÉONIDA, *troublée*. Personne... c'est-à-dire si... ma marchande de modes... Voyons, à qui à parler ?

COLLADAN, *qui a mis ses besicles et regardé sa lettre*. Ah ! c'est de mon fils... de Sylvain... que j'ai mis à l'école de Grignon [1] pour apprendre les malices de l'agriculture... Il voulait être photographe... alors, je lui ai fichu une gifle et je lui ai dit : « Tu seras fermier... parce qu'un fermier... »

CHAMPBOURCY. Oui... nous savons ça... Allons ! soyons au jeu !...

COLLADAN. Attendez que je lise ma lettre...

CHAMPBOURCY. Ah ! saprelotte [2] !

CORDENBOIS. C'est insupportable !

COLLADAN, *lisant*. « Mon cher papa, je vous écris pour vous dire qu'on est très content de moi... j'ai eu de l'avancement... on m'a mis à l'étable... »

CHAMPBOURCY. A l'étable... Ce sont des détails de famille... lisez tout bas...

COLLADAN. Si je lis haut, c'est pas pour vous, c'est pour moi... Toutefois que [3] je ne lis pas tout haut... je ne comprends pas ce que je lis... *(Continuant sa lettre à haute voix.)* « A l'étable... mais, par exemple, je n'ai pas de chance, j'ai une vache malade... »

CORDENBOIS, *à part*. Je n'aime pas jouer à la bouillotte comme ça !

---

1. École d'agriculture fondée en 1826.
2. Juron formé sur le radical « sacré » modifié (voir « Pristi », p. 27) et qui a évolué ensuite en « Saperlipopette ».
3. Toutes les fois.

Il se lève et se promène dans le fond.

COLLADAN, *lisant.* « Elle ne boit plus, elle ne mange plus, elle tousse, comme une pulmonie[1] » *(Parlé en s'attendrissant.)* Pauvre bête ! elle s'aura enrhumée ! *(Lisant.)* « On croirait qu'elle va trépasser. » *(Très ému, passant la lettre à Champbourcy.)* Tenez !... continuez... ça me fait trop peine !

CHAMPBOURCY, *prenant la lettre.* Voyons !... du courage, sacrebleu ! *(Lisant.)* « Quant à moi, je ne vas pas plus mal. » *(Parlé, pour le consoler.)* Là... vous voyez... il ne va pas plus mal...

COLLADAN. Oui, mais la vache !

CHAMPBOURCY, *lisant.* « Nous labourons à mort pour faire les mars[2], il pleut... mais, comme dit le proverbe :

« Pluie en février
C'est du fumier. »

COLLADAN. Ah ! c'est bien vrai ! pluie en fumier, c'est du février. *(Se reprenant.)* C'est-à-dire...

CORDENBOIS. Champbourcy ! dépêchons !... nous attendons...

CHAMPBOURCY. C'est la fin. *(Lisant.)* « Je suis avec respect votre fils respectueux qui vous prie de lui envoyer son mois tout de suite. »

TOUS. Enfin !

LÉONIDA. Voyons ! y sommes-nous maintenant ?

BLANCHE. Papa, il est neuf heures et demie.

CORDENBOIS, *revient prendre sa place.* Le dernier tour !

CHAMPBOURCY. Oui, le tour des décavés[3] et vivement ! *(A Colladan.)* Parlez !

LÉONIDA. Je passe !

COLLADAN. Je passe.

CORDENBOIS. Je vois... cinq sous...

CHAMPBOURCY. Tenu. Six sous.

CORDENBOIS. Sept !

COLLADAN. Oh ! il va y avoir du massacre !

CHAMPBOURCY. Huit !

---

1. Terme vieilli pour désigner une affection pulmonaire.
2. Se disait des grains semés en mars.
3. Voir règle du jeu de bouillotte, p. 19.

CORDENBOIS. Neuf !

CHAMPBOURCY. Mon tout ! quinze sous !

CORDENBOIS. Je tiens !

TOUS. Oh !

Blanche, Félix et Baucantin s'approchent vivement de la table.

BAUCANTIN. Je veux voir ce coup-là !

FÉLIX. C'est le plus beau coup de l'année.

CHAMPBOURCY, *abattant son jeu*. Brelan d'as !

CORDENBOIS, *abattant le sien*. Brelan de huit... carré !

TOUS. Oh !

CHAMPBOURCY. Perdu ! (*Se levant avec colère.*) C'est fait pour moi. Je ne veux plus toucher aux cartes. Sans compter que j'ai une dent qui me fait mal !

BLANCHE, *qui a été chercher la tirelire*. Arrosez !... deux brelans dont un carré. C'est trois sous !

Tout le monde s'est levé.

COLLADAN, *à part, fouillant à sa poche*. Que d'argent, mon Dieu ! (*Donnant de l'argent à Blanche.*) Voilà.

BLANCHE, *examinant*. Tiens ! un sou étranger... Non... c'est un bouton...

COLLADAN, *la faisant taire*. Chut !... c'est une erreur... En voici un autre.

LÉONIDA, *qui a posé les cartes et les jetons dans une boîte*. J'emporte la boîte.

CHAMPBOURCY. Et surtout brûle les cartes ! Je ne veux plus jouer avec ces cartes-là.

COLLADAN. Elles sont encore bonnes... elles ne poissent pas !

LÉONIDA, *à part, tirant la lettre de sa poche*. Oh ! cette lettre... me brûle les mains... J'ai hâte de la lire !

Elle entre à droite.

SCÈNE II

LES MÊMES, moins LÉONIDA

CHAMPBOURCY. Maintenant, messieurs... nous allons procéder au dépouillement de la cagnotte.

CORDENBOIS. J'attendais ce jour avec impatience.

CHAMPBOURCY. Blanche, donne-moi ta corbeille à ouvrage.

BLANCHE, *la vidant sur le guéridon et l'apportant en y mettant un petit marteau.* Voilà, papa...

CHAMPBOURCY. Maintenant, va nous chercher les trois autres tirelires.

FÉLIX, *à Blanche.* C'est trop lourd ! je vais vous aider.

Il entre à droite avec Blanche.

CHAMPBOURCY, *prenant le marteau.* Je ne connais qu'un moyen d'ouvrir la tirelire... C'est de la casser...

CORDENBOIS. Cassons !...

COLLADAN. C'est bête ! mais je suis ému...

CHAMPBOURCY, *prend le marteau et s'arrête.* Pristi [1] ! que ma dent me fait mal !

Il dépose la corbeille et le marteau sur la table de jeu.

COLLADAN. Voulez-vous que je vous indique un remède ? Vous prenez une taupe [2] vivante... une jeune taupe de quatre à cinq mois.

Tous trois ont quitté la table et prennent la scène.

CHAMPBOURCY. Mais comment voulez-vous que je reconnaisse ça ?

COLLADAN. Ah ! ça vous regarde !

CORDENBOIS. Prenez donc tout simplement ce soir, en vous couchant... une gorgée de lait que vous garderez toute la nuit dans la bouche, sans l'avaler.

CHAMPBOURCY. Mais si je m'endors ?

---

1. Forme abrégée du juron « Sapristi », lui-même une déformation de « Sacristie » (voir p. 41, note 2).

2. Animal particulièrement difficile à attraper ! Au XIXe siècle, des « taupiers » s'en chargeaient.

CORDENBOIS. Ça ne fait rien... dormez... seulement n'avalez pas.

BAUCANTIN, *debout, à la cheminée.* Pourquoi ne consultez-vous pas un médecin ?

CHAMPBOURCY. Mais il n'y en a pas à La Ferté-sous-Jouarre... C'est le maréchal [1] qui opère...

COLLADAN. Il en est passé un il y a deux ans... avec un petit âne... Il vous nouait votre dent avec une ficelle qu'il attachait à la croupe de son âne... Il tirait un coup de pistolet... paf !... l'âne partait et vous étiez soulagé.

CORDENBOIS. Un empirique [2] !

COLLADAN. Il paraît qu'il avait la pratique [3] de plusieurs grands personnages.

Ils se rapprochent tous trois de la table de jeu. Baucantin se tient un peu à l'écart.

CHAMPBOURCY, *reprenant la tirelire et le marteau.* Je casse... une ! deux ! trois !

Il brise la tirelire.

COLLADAN. Oh ! que de sous !

CHAMPBOURCY. Que tout le monde s'y mette... Baucantin !

BAUCANTIN, *se rapprochant.* Voilà !

Ils entourent la table et se mettent à compter.

CHAMPBOURCY. Rangeons-les par piles de vingt sous.

CORDENBOIS, *comptant.* Quatre, cinq.

COLLADAN. Six, sept, huit.

CHAMPBOURCY. Neuf, dix... mais non ! trois, quatre... vous m'embrouillez, père Colladan.

COLLADAN. Je ne vous parle pas.

CHAMPBOURCY. Vous ne me parlez pas ; mais vous me dites : « Sept, huit », ça me fait dire : « Neuf, dix... » Je ne sais plus où j'en suis.

BAUCANTIN. Moi non plus !

CORDENBOIS. Recommençons. *(Comptant.)* Quatre, cinq.

---

1. Le maréchal-ferrant qui, dans bien des villages, puisqu'il possédait des tenailles, arrachait les dents malades.

2. Se disait d'une médecine appuyée sur l'expérience et non sur les connaissances théoriques. Cordenbois est pharmacien !

3. La clientèle.

COLLADAN. Six, sept, huit.

CHAMPBOURCY. Neuf... dix... Nous nous embrouillerons toujours. Comptons chacun de notre côté... *(Apercevant Blanche et Félix venant de droite avec les tirelires.)* Tenez, père Colladan, voilà votre tirelire... Entrez dans ma chambre.

CORDENBOIS, *prenant une des tirelires et Baucantin l'autre.* M. Baucantin et moi, nous passons dans votre cabinet.

BAUCANTIN. Et nous venons ensuite réunir nos comptes.

CHŒUR

AIR de *M. Robillard* [1]

Puisque déjà l'heure s'avance
Ne perdons pas un seul moment !
Il faut aller dans le silence
Procéder au dépouillement.

Colladan entre à gauche, et Cordenbois et Baucantin sortent par la droite avec la tirelire.

SCÈNE III

CHAMPBOURCY, BLANCHE, FÉLIX

CHAMPBOURCY, *assis, et comptant sur la table à jeu.* Deux... quatre... six...

BLANCHE, *à Félix.* Papa est seul... profitez-en pour faire votre demande.

FÉLIX. Comment ! ce soir ?

BLANCHE. Voilà trois jours que vous hésitez...

FÉLIX. C'est que, depuis trois jours, il a ses élancements [2].

BLANCHE. Aujourd'hui il va très bien.

CHAMPBOURCY, *joyeux.* Déjà quatre francs !...

BLANCHE. Tenez... il rit... il est bien disposé... Allons ! du courage !... Je vais retrouver ma tante.

Elle sort par le fond.

1. Dans les vaudevilles, il était d'usage de reprendre des airs à la mode. Labiche en a réduit considérablement le nombre et ceux qu'il a utilisés n'ont pas été tous identifiés.

2. Des douleurs qui « lancent ».

SCÈNE IV

CHAMPBOURCY, FÉLIX

FÉLIX, *à part*. Je tremble comme un enfant... Est-ce ridicule ! *(Haut.)* Monsieur Champbourcy...

CHAMPBOURCY, *comptant sans l'écouter*. Douze, treize.

FÉLIX. L'émotion de ma voix et le trouble que j'éprouve...

CHAMPBOURCY. Allons ! bon !... vous me parlez... Je ne sais plus où j'en suis...

FÉLIX. Douze, treize.

CHAMPBOURCY. C'est ça... Quatorze, quinze.

FÉLIX. Doivent vous dire assez...

CHAMPBOURCY. Aidez-moi un peu... ça ira plus vite...

FÉLIX, *passant à la table, face à Champbourcy.* Volontiers.

CHAMPBOURCY. Par piles de vingt. *(Comptant.)* Dix-sept, dix-huit.

FÉLIX. Monsieur Champbourcy... depuis quinze mois que j'ai le bonheur de connaître mademoiselle Blanche...

CHAMPBOURCY. Comptez donc...

FÉLIX, *prenant des sous et comptant*. Trois, quatre, cinq... Je n'ai pu rester insensible...

CHAMPBOURCY. Un, deux...

FÉLIX. Six, sept... Aux charmes de sa personne...

CHAMPBOURCY. Trois, quatre.

FÉLIX. C'est ce qui fait... huit, neuf... que, aujourd'hui... dix, onze...

CHAMPBOURCY. Sept, huit.

FÉLIX. J'ai l'honneur de vous demander... douze, treize, quatorze... la main de mademoiselle votre fille.

CHAMPBOURCY. Tiens, un bouton !... Déjà deux que je trouve.

FÉLIX, *à part*. Il ne m'a pas entendu... *(Haut.)* J'ai l'honneur de vous demander la main de mademoiselle votre fille...

CHAMPBOURCY. Attendez... Dix-huit, dix-neuf et vingt... une pile... Ça fait sept... sept francs ! *(Recommençant à compter.)* Mon cher monsieur Renaudier... trois, quatre... j'apprécie comme il le mérite l'honneur que vous voulez bien me faire.

FÉLIX. Ah ! monsieur !

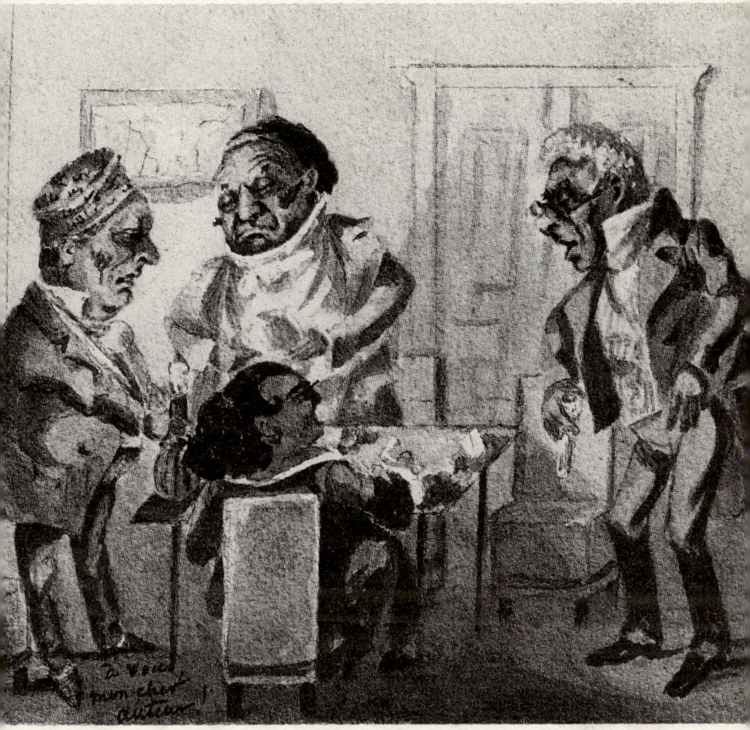

Le salon de l'Acte I dessiné par Lhéritier qui fut également le créateur du rôle de Cordembois

Photo Roger-Viollet.

CHAMPBOURCY. Où en étais-je ?

FÉLIX. Trois, quatre...

CHAMPBOURCY. Cinq, six... votre demande m'honore... sept, huit, neuf... je m'engage à la prendre en sérieuse considération... Encore un bouton ! Qui diable a flanqué tout cela ?

FÉLIX. Ce n'est pas moi, je vous prie de le croire.

CHAMPBOURCY. Le mariage, jeune homme... c'est un bouton de paletot... s'il a ses douceurs et ses joies... il a aussi ses devoirs et ses charges...

FÉLIX. Je le sais... et croyez que toute ma vie...

CHAMPBOURCY, *désignant les piles de sous*. Voyons... qu'est-ce que nous avons ?

FÉLIX, *s'asseyant*. J'ai d'abord mon étude [1]...

CHAMPBOURCY. Cinq ici et trois là, ça fait...

FÉLIX. Quarante-cinq mille...

CHAMPBOURCY. Comment... quarante-cinq mille ?

FÉLIX. Je l'ai payée ça...

CHAMPBOURCY. Mon ami, vous me troublez... Je vous parle sous... et vous me répondez dot... ça ne peut pas aller... *(Remettant tous les sous dans la corbeille.)* Je vais compter tout ça dans la salle à manger...

Il se lève.

FÉLIX. Mais, du moins, puis-je espérer ?...

CHAMPBOURCY, *emportant la corbeille et se dirigeant à droite*. Sans doute... si ma fille vous aime... Mais qui est-ce qui a fourré tous ces boutons là-dedans ?

Il entre à droite.

SCÈNE V

FÉLIX, LÉONIDA

FÉLIX, *ravi*. Oh ! oui, elle m'aime !... elle ne me l'a pas dit... mais je ne lui ai pas demandé... *(Apercevant Léonida qui entre par le fond.)* Oh ! la tante. *(Saluant.)* Mademoiselle...

---

1. De notaire.

LÉONIDA, *se promenant avec agitation*. Je ne m'étais pas trompée... c'est lui qui m'écrit...

FÉLIX, *la suivant*. Je viens de causer avec Monsieur votre frère...

LÉONIDA, *marchant toujours sans le voir*. A la première ligne... j'ai failli m'évanouir...

FÉLIX, *à part*. Elle ne m'écoute pas... Allons tout raconter à mademoiselle Blanche... elle m'écoutera, elle !

Il sort par le fond.

LÉONIDA, *seule*. Cet homme devient pressant... Il m'invite à me trouver à Paris... demain soir à huit heures... Dois-je aller à ce rendez-vous ? il y va de mon bonheur, peut-être... D'un autre côté, une pareille démarche... Oh ! ma mère, inspire-moi ! *(Changeant de ton.)* Tant pis ! j'irai !... mais comment faire ? comment préparer ce départ sans exciter les soupçons ? et, d'ailleurs, je ne puis partir seule... Comment décider mon frère à m'accompagner ? Il faudrait lui avouer... *(Avec force.)* Oh ! jamais !... jamais !... *(Voyant entrer Blanche.)* Ma nièce !... Soyons calme !...

SCÈNE VI

LÉONIDA, BLANCHE

BLANCHE, *entrant*. Ah ! ma tante ! si tu savais comme je suis contente !

LÉONIDA. En effet...

BLANCHE. M. Félix vient de demander ma main à papa... et papa lui a dit d'espérer...

LÉONIDA. Comment ! tu aimes M. Félix ?

BLANCHE. Je crois que oui !...

LÉONIDA. Ah ! c'est singulier...

BLANCHE. Pourquoi donc ?

LÉONIDA. Blond et notaire ! c'est bien fadasse !

BLANCHE, *étonnée*. Comment ?

LÉONIDA. Après ça, tu es blonde aussi... vous mènerez tous les deux une vie calme et sans orages... comme deux moutons qui paissent dans la même prairie.

BLANCHE, *piquée*. Deux moutons ! M. Félix est un jeune homme charmant ! très spirituel ! il vient d'avoir une idée délicieuse...

LÉONIDA. Lui ?

BLANCHE. C'est d'employer l'argent de la cagnotte à donner un bal.

LÉONIDA. Un bal ? *(A part.)* Une idée blonde !

BLANCHE. Demain... mardi gras.

LÉONIDA. Demain ?... *(A part.)* C'est impossible !... mon rendez-vous !

BLANCHE. Qu'est-ce que vous dites de cela ?

LÉONIDA. Certainement... *(A part.)* Si je pouvais... *(Haut.)* Oui... l'idée d'un bal... c'est une idée gracieuse... J'en avais eu une autre... plus utile, peut-être... mais moins fraîche... moins sautillante...

BLANCHE. Laquelle, ma tante ?

LÉONIDA. C'était de faire un voyage à Paris... Au moment de se marier, cela peut servir...

BLANCHE. Vraiment ?...

LÉONIDA. On regarde les boutiques, on visite les magasins au bras de son prétendu... on dit : « Ah ! le beau cachemire [1] !... ah ! le joli bracelet !... Dieu ! les belles dentelles ! » Et on choisit tout doucement sa corbeille [2], sans en avoir l'air.

BLANCHE. Mais c'est que c'est vrai.

LÉONIDA. Après ça, vous préférez un bal...

BLANCHE. Pas du tout ! J'aime bien mieux un voyage à Paris... je veux aller à Paris...

LÉONIDA. Tu veux... tu veux... cela dépend de ton père...

BLANCHE. Oh ! je le déciderai bien à partir !...

LÉONIDA. Demain !

BLANCHE. Le voici !... Laissez-moi faire !

---

1. Les grands châles de Cachemire, très à la mode sous le Second Empire.
2. Ensemble des cadeaux offerts à la mariée par le marié.

SCÈNE VII

LES MÊMES, CHAMPBOURCY

CHAMPBOURCY, *entrant à droite avec sa corbeille de sous et un papier à la main.* Voilà qui est compté... ça m'a fait monter le sang à la tête...

BLANCHE. Comme tu es rouge !

CHAMPBOURCY. C'est mon mal de dent... ça m'élance. Dzing ! dzing !

BLANCHE. Oh ! pauvre petit père... ta joue est enflée...

LÉONIDA. Je ne vois pas...

BLANCHE. Oh ! si, très enflée... A ta place, je sais bien ce que je ferais...

CHAMPBOURCY. Tu prendrais une jeune taupe vivante... mais c'est l'âge qui m'embarrasse...

BLANCHE. Non... mais j'irais à Paris... consulter un dentiste...

LÉONIDA. Oui... dès demain !... *(A part.)*. Elle est très forte pour une blonde.

CHAMPBOURCY. Allons donc ! quelle plaisanterie !... un pareil voyage pour un mal de dent !

BLANCHE. Oh ! deux petites heures en chemin de fer.

CHAMPBOURCY. Enfin !... c'est une dépense...

BLANCHE. Il y aurait peut-être un moyen de faire ce voyage sans qu'il t'en coutât rien.

CHAMPBOURCY. Lequel ?

BLANCHE. Dame ! je ne sais pas, moi... en cherchant... *(Montrant la corbeille.)* En voilà de l'argent.

CHAMPBOURCY, *poussant un cri.* Ah ! mes enfants !... j'ai une idée !... si nous allions manger la cagnotte à Paris ?

Il pose la corbeille sur la table de jeu et reprend sa place.

LÉONIDA. C'est un trait de génie !... mais où vas-tu chercher tout cela ?

CHAMPBOURCY, *se frappant le front.* Là... Je suis organisé ! voilà tout !...

BLANCHE. De cette façon, tu vois ton dentiste, nous parcourons les magasins...

LÉONIDA. Je vais à mon rend...

CHAMPBOURCY. Quoi ?

LÉONIDA, *se reprenant*. Nous visitons les monuments...

CHAMPBOURCY. Le Panthéon, la tour Saint-Jacques, Véfour [1], Véry [2]...

BLANCHE. Mais si les autres ne veulent pas ?...

CHAMPBOURCY. Nous les y amènerons adroitement. *(Bruit de voix au-dehors.)* Les voici... Je m'en charge...

SCÈNE VIII

LES MÊMES, COLLADAN, CORDENBOIS, BAUCANTIN ; puis FÉLIX

Ils entrent portant chacun un papier à la main.

BAUCANTIN, *gravement*. Voici, messieurs, en ce qui me concerne, le résultat du dépouillement de la tirelire qui m'avait été confiée... son contenu total était de deux mille six cent vingt et un sous qui, convertis en francs et centimes, donnent cent trente et un francs et cinq centimes... je dois ajouter, pour être complètement exact, que j'ai trouvé quelques boutons mêlés à la monnaie...

CORDENBOIS. Tiens ! moi aussi !

CHAMPBOURCY. Moi aussi !

BLANCHE, *regardant Colladan*. Des boutons...

COLLADAN, *vivement*. C'est quelqu'un qui s'aura trompé [3] !

CORDENBOIS *(En annonçant leur résultat, ils remettent leurs papiers à Baucantin)*. Moi, messieurs, j'ai eu pour résultat cent vingt-huit francs et quatre boutons !

CHAMPBOURCY. Moi, cent cinq francs cinq centimes... et neuf boutons...

COLLADAN. Moi, cent vingt-sept francs, trois sous... et cinq centimes...

---

1. Restaurant parisien situé près du Palais-Royal, devenu Le grand Véfour en 1820, très célèbre sous le Second Empire (existe encore aujourd'hui : sa façade est classée).

2. Autre restaurant parisien, le premier « prix fixe » de la capitale, racheté par le propriétaire du Véfour. Une pièce de Labiche a pour titre : *Un garçon de chez Véry*.

3. Incorrection pour « qui se sera ».

CHAMPBOURCY. Et pas de boutons ?

COLLADAN. Pas de boutons...

Il remonte.

CHAMPBOURCY, *à part, avec méfiance.* C'est bien drôle !

CORDENBOIS, *regardant Colladan, à part.* Ça n'est pas clair.

BAUCANTIN, *qui a pris les quatre papiers.* Ce qui, en additionnant les résultats des quatre dépouillements partiels, donne comme total général...

TOUS. Combien ?

BAUCANTIN. Quatre cent quatre-vingt-onze francs... vingt centimes...

TOUS. Ah !...

BAUCANTIN. Plus dix-huit boutons...

CHAMPBOURCY. C'est une jolie cagnotte !

CORDENBOIS. Magnifique !

COLLADAN. Je la croyais plus grasse.

CORDENBOIS. Dame ! sans les boutons...

CHAMPBOURCY. Maintenant, messieurs, le moment est arrivé où nous devons, après une mûre délibération, fixer l'emploi de la cagnotte.

TOUS. Oui ! oui !

Champbourcy prend le guéridon et le met au milieu du théâtre, Baucantin a pris la lampe et l'a posée sur la cheminée.

FÉLIX, *paraissant au fond.* Vous êtes en affaires ?

CHAMPBOURCY, *s'asseyant.* Entrez ! vous avez voix au chapitre... Asseyons-nous... la séance est ouverte... *(Tous s'assoient.)* Je n'ai pas besoin de vous recommander le calme... la modération... souvenons-nous que la divergence des opinions n'exclut pas l'estime que l'on se doit entre gens... qui s'estiment. *(S'asseyant, à part.)* Ma dent me fait mal !

FÉLIX, *à part.* Il est solennel, papa beau-père !

Il s'assied.

CHAMPBOURCY. Qui est-ce qui demande la parole ?

CORDENBOIS et COLLADAN, *se levant ensemble.* Moi !

CHAMPBOURCY, *bas à Baucantin.* Je crois que nous allons

avoir une jolie séance. *(Haut.)* Pardon... qui est-ce qui l'a demandée le premier ?

CORDENBOIS et COLLADAN. Moi !

CHAMPBOURCY. Diable ! voilà une difficulté qui se présente...

BAUCANTIN, *à Champbourcy.* Ordinairement, dans les assemblées délibérantes, le plus jeune cède le pas au plus âgé...

CHAMPBOURCY. Très bien !... Monsieur Cordenbois, vous avez la parole...

CORDENBOIS. Permettez... M. Colladan est plus âgé que moi.

COLLADAN. Moi ? Ah ! ben ! je suis votre cadet... vous êtes mon ancien... et de pas mal de pains de quatre livres encore !

CORDENBOIS. C'est faux ! je ne parlerai pas le premier.

Il s'assoit.

COLLADAN. Moi non plus !

Il s'assoit.

CHAMPBOURCY. Sapristi ! moi qui comptais sur une discussion brillante... Voyons, messieurs, pas d'entêtement !

CORDENBOIS, *se levant.* Allons ! je veux bien parler... non, parce que je suis le plus âgé... mais parce que je suis le plus raisonnable...

BAUCANTIN. Très bien !

CORDENBOIS. Messieurs, je serai court...

CHAMPBOURCY, *avec grâce.* Nous le regretterons...

CORDENBOIS, *saluant.* Ah !... Messieurs, nous nous trouvons à la tête d'une somme considérable, inespérée !... On attend de nous quelque chose de grand, qui frappe les masses... Je propose d'écrire à M. Chevet [1] et de lui demander de nous envoyer une dinde truffée.

TOUS, *murmurant.* Ah ! ah !

CHAMPBOURCY, *agitant une sonnette placée sur le guéridon.* Silence, messieurs... vous répondrez... Toutes les opinions... même les plus saugrenues...

CORDENBOIS. Hein ?

CHAMPBOURCY. Ont le droit de se faire jour.

LÉONIDA. Moi, je m'oppose aux truffes... je n'en mange pas.

BLANCHE. Moi, non plus.

---

1. Traiteur parisien très célèbre.

CHAMPBOURCY. J'ajouterai qu'elles me font mal !

COLLADAN. Je leur-z-y préfère les z'haricots...

CORDENBOIS. Permettez... Je persiste dans mon conclusum [1].

CHAMPBOURCY. Monsieur Colladan, vous avez la parole.

COLLADAN, *se levant*. Hum !... hum !... Messieurs et mesdames... il fait très beau... le pavé est bon pour les chevaux... je propose que nous allions tous demain à la foire de Crépy.

TOUS, *murmurant*. Oh ! oh !

LÉONIDA. Voilà autre chose !

CORDENBOIS. C'est idiot !

CHAMPBOURCY, *agitant sa sonnette*. Messieurs... messieurs... vous répondrez...

CORDENBOIS. J'ai répondu.

COLLADAN. Quoi !... on voit des baraques... des serpents... des magiciens... et la femme qui pèse trois cents... on peut toucher... c'est amusant, ça.

FÉLIX, *se levant*. Pardon... j'ai une autre proposition à faire...

BLANCHE, *bas et vivement à Félix*. Ne parlez pas du bal... c'est changé...

FÉLIX. Ah ! c'est... ?

CHAMPBOURCY. Monsieur Renaudier, vous avez la parole...

FÉLIX. Moi ?... C'est que... j'y renonce...

Il se rassoit.

BAUCANTIN, *se levant*. Quoique étranger à la cagnotte, permettez-moi de faire une proposition qui ralliera, je l'espère, toutes les opinions...

CHAMPBOURCY. Parlez, monsieur Baucantin.

BAUCANTIN. La vertu, messieurs, est la première qualité de la femme, il faut l'encourager... Je propose donc de doter la jeune fille la plus vertueuse de La Ferté-sous-Jouarre.

TOUS, *murmurant*. Oh ! oh !

CORDENBOIS. Une rosière [2]... j'aime mieux une dinde.

COLLADAN. Et moi la foire de Crépy.

---

1. Littré : « *Décret de la diète germanique ou du conseil aulique. Ce mot s'emploie quelquefois par plaisanterie, pour dire : "ce qui est conclu".* » Champbourcy est toujours pédant.

2. Jeune fille vertueuse que l'on récompensait (souvent couronnée de roses) en la dotant.

CHAMPBOURCY, *se levant.* Messieurs !

TOUS. Silence !... Écoutez !

CHAMPBOURCY. La réunion se tenant chez moi... j'ai dû parler le dernier... mon tour est venu... je réclame toute votre bienveillance...

TOUS. Très bien ! très bien !

COLLADAN, *à part.* Il a un fameux fil[1] !

CHAMPBOURCY. Messieurs, Paris est la capitale du monde... *(A part, portant la main à sa joue.)* Cristi[2] ! ça m'élance ! *(Haut.)* C'est là qu'est le remède... *(se reprenant)* le rendez-vous des arts, de l'industrie et des plaisirs... Je propose donc hardiment d'aller passer une journée à Paris.

LÉONIDA et BLANCHE. Bravo !

COLLADAN. Permettez... je connais Paris... oui, oui... j'y suis passé il y a quarante et un ans en allant à Poissy...

CORDENBOIS. Un voyage ! ça ne se mange pas ! On a dit qu'on mangerait la cagnotte... et il me semble qu'une dinde...

CHAMPBOURCY. Mais vous ne pouvez pas m'obliger à manger des truffes qui m'incommodent !

CORDENBOIS, *saluant.* Vous ne pouvez pas m'obliger à aller à Paris !

CHAMPBOURCY. Cependant, si la majorité le décide ?

CORDENBOIS. Ah ! si la majorité...

FÉLIX. Eh bien !... allons aux voix !

TOUS. Aux voix ! aux voix !

Tous se lèvent, excepté Blanche et Léonida.

BAUCANTIN, *mettant le guéridon à sa place.* Je m'offre comme président du bureau.

CHAMPBOURCY. Accepté !... Recueillez les votes.

Il lui donne un chapeau. Chacun fait son bulletin et le met dans le chapeau.

BLANCHE. Moi, je ne vote pas[3].

LÉONIDA, *à Félix.* Écrivez Paris.

FÉLIX, *se mettant au bout de la table.* Très bien !

---

1. La langue bien aiguisée, comme le fil (= le tranchant) d'une lame.
2. Forme de juron (pour « sacristie » ; voir note 2, p. 24).
3. Sans doute parce qu'elle est encore soumise à son Papa.

BAUCANTIN. Personne ne réclame ? Le scrutin est clos.

CHAMPBOURCY. Dépouillez...

FÉLIX. Moi, j'écris...

BAUCANTIN, *tirant les bulletins du chapeau et les lisant d'une voix solennelle.* — Une dinde truffée...

CORDENBOIS. Bravo !...

BAUCANTIN. Silence ! *(Lisant.)* Paris... *(A Félix.)* Vous y êtes ? *(Prenant un autre bulletin.)* Paris... Foire de Crépy.

COLLADAN. Très bien !

BAUCANTIN. Dernier bulletin... *(Il secoue le chapeau. Lisant.)* Paris.

TOUS. Ah !

BAUCANTIN. Silence ! *(Lisant gravement le papier que lui présente Félix.)* Résultat du dépouillement... Nombre des votants, cinq. Majorité absolue, trois.

COLLADAN, *à part.* Comme il dépouille bien.

BAUCANTIN, *lisant.* Trois Paris... une dinde et une foire... En conséquence, Paris ayant réuni la majorité des suffrages, il est décidé qu'on ira à Paris.

LÉONIDA, FÉLIX, CHAMPBOURCY et BLANCHE. Bravo ! bravo !

CORDENBOIS. Après ça, on n'y mange pas mal...

COLLADAN. Nous irons voir la halle et les abattoirs... J'ons un cousin qu'abat !...

CHAMPBOURCY. D'ailleurs, comme il est probable que nous ne dépenserons pas quatre cent quatre-vingt-onze francs vingt centimes en un jour, chacun aura le droit de faire une petite emplette avec l'argent de la cagnotte...

COLLADAN. Tiens ! j'ai besoin d'une pioche !... Je me payerai une pioche !

CORDENBOIS. Moi, je caresse un projet.

CHAMPBOURCY. Quoi ?...

CORDENBOIS. Rien... une idée folle... mais je veux en essayer... *(A part.)* Le bonheur est peut-être là !

LÉONIDA, *à part.* Je serai demain à mon rendez-vous !

BLANCHE. Papa... la lampe s'éteint.

CHAMPBOURCY. C'est la mèche ! *(A Cordenbois.)* Prenez le globe !

CORDENBOIS. Non ! je vais me coucher...

TOUS, *remontant, excepté Blanche et Félix.* Allons nous coucher...

CHAMPBOURCY. Nous partons demain par le premier train, à cinq heures vingt-cinq... il faudra vous lever de bonne heure, monsieur le notaire...

BLANCHE, *riant, à Félix.* Qui est-ce qui vous réveillera ?

FÉLIX, *bas.* L'amour ! *(A part.)* Et mon portier.

TOUS. A demain ! à demain !

Sur l'ensemble, Champbourcy prend la lampe posée sur la table de jeu, Léonida celle qui est sur la cheminée, ils accompagnent Félix, Colladan, Cordenbois, et Baucantin jusqu'à la porte du fond.

ENSEMBLE

AIR de *M. Robillard*

Quelle existence fortunée,
D'un prince, nous allons demain
Pouvoir, pendant une journée
A Paris, mener tous le train.

ACTE II

Salle de restaurant, très brillamment meublée. Portes au fond, à droite et à gauche, et portes latérales, deuxième plan à droite et à gauche (le fond représente la montre [1] *bien garnie d'un restaurant). Tables, chaises.*

SCÈNE PREMIÈRE

BENJAMIN ; puis SYLVAIN

BENJAMIN, *rangeant.* — Huit heures... je suis en avance... les déjeuners ne commencent pas avant onze heures.

SYLVAIN, *entrant timidement par le fond de droite et regardant les peintures.* Oh ! non !... c'est trop beau ici.

BENJAMIN. — Que désire Monsieur ?

SYLVAIN. Un renseignement... Il faut vous dire qu'hier, au Casino [2], j'ai fait une connaissance... elle s'appelle Miranda... la Sensitive.

BENJAMIN. Je connais !

SYLVAIN. Ah !... Elle m'a donné rendez-vous ici pour déjeuner...

BENJAMIN. A huit heures du matin ?

SYLVAIN. Non... à dix heures et demie... Mais je voudrais

1. Sens vieilli : « La marchandise que l'on expose au public. » Dans les restaurants, les plats offerts au menu sont souvent visibles sur une sorte de dressoir.
2. Une salle de bal, le Casino Cadet, rue Cadet.

Scène de l'Acte II en 1911 au théâtre du Palais-Royal.

Photo Jean-Loup Charmet.

savoir auparavant si l'on peut déjeuner, à deux, dans un cabinet particulier, pour dix-sept francs... je n'ai que cela... Si c'était plus... je la lâcherais.

BENJAMIN. — Dame ! ça dépend de ce que vous prendrez...

SYLVAIN. Ah ! voilà !... vous avez l'air d'un bon garçon... indiquez-moi donc des petits plats pas chers...

BENJAMIN, *à part*. Il est drôle, ce monsieur. *(Haut.)* Nous avons le bœuf en vinaigrette.

SYLVAIN. Excellent !

BENJAMIN. Le bifteck... les omelettes...

SYLVAIN. Il me faudrait un petit plat sucré... quelque chose de doux... dans des prix doux.

BENJAMIN. Voulez-vous des pruneaux ?...

SYLVAIN. Oh !... farceur !

BENJAMIN. Tenez... il reste d'hier une tarte aux fraises.

SYLVAIN. Elle n'est pas entamée, votre tarte ?...

BENJAMIN. Oh ! non !

SYLVAIN. — Très bien !... je la retiens ! *(Tirant son porte-cigares.)* Voulez-vous un cigare ?

BENJAMIN. Volontiers ! *(Il en prend un et l'examine.)* Ah ! ce sont des cigares d'un sou... merci !

Il le remet.

SYLVAIN, *s'asseyant à la table de gauche, premier plan, et voulant allumer son cigare*. Vous aimez mieux les bons, vous ?

BENJAMIN, *allant ranger la table de droite*. — Je ne fume que des londrès[1]...

SYLVAIN. J'en fumerais bien aussi... mais c'est papa...

BENJAMIN. Ah ! vous avez un père ?

SYLVAIN. Le meilleur des hommes !... mais une espèce de paysan borné, qui laboure à La Ferté-sous-Jouarre... N'a-t-il pas eu l'idée de faire de moi un fermier !

BENJAMIN. C'est une noble profession.

SYLVAIN. Noble, mais salissante !... moi, je voulais être photographe... on voit des femmes, papa n'a pas voulu... il m'a envoyé à l'école de Grignon.

BENJAMIN. — Pour apprendre l'agriculture ?

---

1. Littré : « *Sorte de cigares havanais fabriqués d'abord pour les Anglais.* »

SYLVAIN. Oui, dans l'agriculture, moi, je ne comprends que la carotte[1]... *(Il se lève.)* Une fois arrivé là-bas, on m'a installé avec les vaches, on m'a fait charrier du fumier... un tas de choses malpropres... alors, au bout de trois jours... j'ai lâché... sans rien dire à papa.

BENJAMIN. — Mais s'il apprenait...

SYLVAIN. — Oh ! je ne suis pas bête ! je lui écris tous les mois... je vais à Grignon mettre ma lettre à la poste... et chercher les cent francs qu'il m'envoie pour ma pension...

BENJAMIN. Cent francs !... c'est sec !

SYLVAIN. Les premiers jours du mois, ça va encore... mais, à partir du 5... je suis gêné... Aussi, je voudrais faire quelque chose... si je trouvais un petit commerce... Tiens ! une idée ! qu'est-ce que vous gagnez, vous ?

BENJAMIN. — Ça dépend des pourboires... trois cents francs par mois environ...

SYLVAIN. — Mazette !... je ne rougirais pas d'être garçon de café, moi !

BENJAMIN, *froissé*. Mais il n'y a pas de quoi rougir !

SYLVAIN. D'abord, on est toujours frisé[2]... et puis on voit des femmes !

BENJAMIN. Oui, mais c'est bien excitant.

SYLVAIN. Ça m'est égal... Dites donc, mon petit... comment vous appelez-vous ?

BENJAMIN. Benjamin.

SYLVAIN. — Eh bien, si tu entendais parler qu'on ait besoin d'un jeune homme... pense à moi !...

BENJAMIN, *à part*. Il me tutoie !... *(Haut.)* Sois tranquille !

SYLVAIN, *remontant*. Comme ça, je peux marcher avec mes dix-sept francs ?...

BENJAMIN. Parfaitement.

SYLVAIN. Alors retiens-moi un cabinet...

BENJAMIN, *lui indiquant la gauche*. — Le petit 4... sur le boulevard...

---

1. Ici sans doute plus proche du sens moderne de « tricher pour obtenir un avantage », qui est, à l'origine, une expression de l'argot des militaires (voir p. 23).

2. Les hommes se faisaient friser pour être élégants (voir p. 63) et Sylvain admire probablement l'allure des garçons de café.

SYLVAIN. Et si je n'étais pas arrivé quand Miranda viendra... tu la ferais monter par l'escalier réservé.

BENJAMIN. Très bien... ne t'en occupe pas.

SYLVAIN. — Tu viendras prendre le café avec nous. *(Lui donnant une poignée de main.)* Adieu !

Il sort, par le fond, à droite.

BENJAMIN. Adieu.

SCÈNE II

BENJAMIN, UN DEUXIÈME GARÇON

BENJAMIN, *seul.* A la bonne heure ! voilà un fils de famille qui n'est pas fier... et si je peux lui trouver une place... *(Bruit confus au-dehors, on entend crier : « Arrêtez, arrêtez ! »)* Qu'est-ce qu'il y a donc sur le boulevard ?

LE DEUXIÈME GARÇON, *entrant par le fond.* C'est un filou qui se sauve !

BENJAMIN. Un filou ?

LE DEUXIÈME GARÇON. Il paraît qu'il a fourré la main dans la poche d'un monsieur qui regardait les gravures... le monsieur a crié... et le voleur a pris ses jambes à son cou.

Il entre à gauche.

BENJAMIN. — Tiens ! une société [1].

SCÈNE III

BENJAMIN, CHAMPBOURCY COLLADAN, CORDENBOIS, LÉONIDA, BLANCHE, *avec des sacs de nuit et des petits cartons.*

COLLADAN. — Eh bien, je ne suis pas fâché d'avoir vu ça... je n'avais jamais vu de voleur... ça ressemble à tout le monde.

LÉONIDA. Mais courait-il [2] ! courait-il !

---

1. Compagnie, groupe de personnes (nous disons encore : « saluer la société »).
2. Tournure exclamative.

CHAMPBOURCY. Il a passé tout près de moi... en étendant la main, j'aurais pu l'arrêter.

CORDENBOIS. Il fallait le faire...

CHAMPBOURCY. Moi ? ça ne me regarde pas !... nous ne sommes pas venus à Paris pour ça... sans compter qu'on peut recevoir un mauvais coup. *(Apercevant Benjamin.)* Ah ! garçon !...

BENJAMIN. — Monsieur !

CHAMPBOURCY. — Peut-on déjeuner ?

BENJAMIN. — Quand ça ?

COLLADAN. — Eh bien, tout de suite ! je meurs de faim...

BENJAMIN. Certainement, monsieur... si vous désirez un cabinet ?

TOUS, *choqués et remontant.* Hein ?

LÉONIDA. Pour qui nous prenez-vous ?... Gardez vos cabinets pour vos lorettes [1] !

CHAMPBOURCY. Très bien, ma sœur !

BENJAMIN. Ne vous fâchez pas... je vais chercher la carte du jour... *(A part.)* Des gens qui ont faim avant midi [2]... ça vient du Berry ou de la Champagne.

Il entre à droite. Champbourcy dépose son parapluie sur une table à gauche, tandis que les autres envahissent les autres tables avec leurs paquets ; celui de Colladan est enveloppé dans un mouchoir de couleur. Léonida pose ses paquets sur la première table, à droite.

CHAMPBOURCY. C'est ça !... installons-nous...

COLLADAN, *montrant son paquet.* Moi, j'ai emporté une paire de souliers.

CHAMPBOURCY. Nous ferons de ce restaurant notre quartier général... Si nous y sommes bien, nous y viendrons dîner.

Ils reviennent en scène.

CORDENBOIS. Du tout ! du tout ! je propose Véfour [3]...

---

1. Littré : « *Nom qu'on donne à certaines femmes de plaisir qui tiennent le milieu entre la grisette et la femme entretenue, n'ayant pas un état comme la grisette, et n'étant pas attachée à un homme comme la femme entretenue.* »

2. Au XIXe siècle, en province et surtout à la campagne, on mangeait beaucoup plus tôt qu'à Paris.

3. Voir note 1, p. 37.

CHAMPBOURCY. C'est bien ! nous irons aux voix !

BLANCHE. Comprend-on M. Félix qui manque le chemin de fer ?...

COLLADAN. Je m'en doutais... parce que les notaires... ça n'est pas du matin.

Elle s'assied ainsi que Blanche.

CHAMPBOURCY. Déjà ! Nous n'avons encore rien vu...

CORDENBOIS. A qui la faute ? nous partons pour voir les monuments, et vous nous menez chez votre dentiste... Monsieur fait ses courses !

CHAMPBOURCY. Monsieur Cordenbois, vous êtes amer... Je ne vous souhaite pas de mal... mais, si le hasard voulait que vous vous cassassiez un bras... je m'estimerais fort heureux, moi, de vous conduire chez un médecin... je ne regretterais pas la course.

COLLADAN, *à part*. Bien tapé ! *(Haut.)* Au moins vous a-t-il soulagé, votre *arracheux*[1] ?

CHAMPBOURCY. Oh ! tout de suite ! il m'a brûlé un petit nerf de la gencive... ça ne m'a pas soulagé... alors il m'a extirpé ma dent... ça m'a coûté dix francs !... je les ai pris sur la cagnotte...

CORDENBOIS. Dix francs !... C'est roide[2] !

BENJAMIN, *rentrant avec une carte encadrée*. Voici la carte du jour...

TOUS. Ah !

CHAMPBOURCY, *prenant la carte*. Donnez ! ça me regarde !

Benjamin remonte.

CORDENBOIS. Ça vous regarde... ça nous regarde tous...

CHAMPBOURCY. Oh ! si tout le monde veut gouverner... j'abdique...

BLANCHE. Papa !

LÉONIDA. Messieurs...

CHAMPBOURCY. Non !... C'est que M. Cordenbois a la prétention de nous régenter.

CORDENBOIS. Moi ?... je n'ai rien dit !

COLLADAN, *à part*. Ils sont toujours à s'asticoter. *(Haut.)*

---

1. Forme supposée paysanne pour « arracheur » (de dents) (voir note p. 23).
2. Graphie ancienne pour raide.

Voyons... chacun dira son petit mot... Voilà !... il faut d'abord expliquer à Monsieur *(il indique Benjamin)* que nous sommes une société qui est venue à Paris pour se régaler.

CHAMPBOURCY. Sans faire des folies.

COLLADAN, *au garçon*. Monsieur, nous avons une cagnotte à manger... comme qui dirait de l'argent trouvé, vous comprenez.

BENJAMIN, *à part et soupçonneux*. De l'argent trouvé !... Qu'est-ce que c'est que ces gens-là ?...

CORDENBOIS. Maintenant, vous voilà au fait...

CHAMPBOURCY. Conseillez-nous...

BENJAMIN. Si ces messieurs désirent des côtelettes à la royale.

CHAMPBOURCY. Oh ! non ! pas de mouton !

CORDENBOIS. Nous en mangeons tous les jours...

COLLADAN. Moi, j'en vends...

BENJAMIN. Alors nous avons des filets Chateaubriand.

CORDENBOIS. Oh ! pas de bœuf !

CHAMPBOURCY. Tenez, nous allons vous dire tout de suite notre affaire... nous ne voulons ni bœuf ni mouton, ni veau ni volaille.

COLLADAN. Ni pommes de terre, ni haricots, ni choux.

BENJAMIN. Diable !... Ces dames désirent-elles une tranche de melon ?

BLANCHE, *vivement*. Oh ! oui, du melon.

LÉONIDA. J'en raffole...

BENJAMIN, *mouvement de sortie*. Trois tranches ?

CHAMPBOURCY, *vivement*. Attendez ! *(A Colladan et à Cordenbois.)* Voyons le prix... parce que, avec ces gaillards-là... *(Regardant la carte)*. Une tranche de melon, un franc.

CORDENBOIS. Au mois de février ! c'est pour rien.

COLLADAN. C'est pour rien.

CHAMPBOURCY, *au garçon*. Trois tranches de melon.

Il passe la carte à Cordenbois.

BENJAMIN. Bien, monsieur... Après ?

CORDENBOIS, *lisant sur la carte*. Terrine de Nérac.

COLLADAN. Oui... oui... j'aime assez ça... je ne sais pas ce que c'est, mais j'aime assez ça !

CORDENBOIS. Il y a des truffes là dedans...

BENJAMIN. Oui... oui...

CHAMPBOURCY, *à Cordenbois*. — Combien ?

CORDENBOIS. Deux francs...

CHAMPBOURCY. Ça n'est pas cher...

COLLADAN. Ça n'est pas cher...

CHAMPBOURCY, *bas aux autres*. J'ai eu bon nez de vous conduire ici... les prix sont très raisonnables. *(Haut au garçon.)* Vous nous donnerez une terrine de Nérac.

BENJAMIN. Bien, monsieur... Et après ?

CHAMPBOURCY. Après ?... Il nous faudrait quelque chose d'extraordinaire... d'imprévu... de délicat...

COLLADAN. Oui... oui... pas de charcuterie !

CORDENBOIS, *qui consulte la carte*. Attendez !... je crois que j'ai trouvé. *(Lisant.)* Tournedos à la plénipotentiaire.

TOUS. Ah !

CHAMPBOURCY. Qu'est-ce que c'est que cela ?

LÉONIDA. Qu'est-ce qu'il y a là dedans ?...

BENJAMIN. C'est un plat nouveau... ce sont des déchirures de chevreuil saisies dans la purée de caille et mariées avec un coulis d'anchois, d'olives, d'huîtres marinées, de laitues, de truffes.

COLLADAN. Mâtin ! que ça doit être bon !

CORDENBOIS. Je vote pour ça !

TOUS. Oui... oui...

CHAMPBOURCY, *au garçon*. Tournedos à la plénipotentiaire... soigné !

BENJAMIN. Bien, monsieur.

LÉONIDA. Je demanderai une petite chatterie [1] pour les dames.

BLANCHE. Oh ! oui !

COLLADAN. Et un roquefort !

CHAMPBOURCY. Qu'avez-vous comme plat sucré ?

BENJAMIN. Je puis vous offrir un coup-de-vent à la Radetzki ou bien un froufrou à la Pompadour [2] !...

CHAMPBOURCY, *à Blanche*. Qu'est-ce que tu préfères ?

---

1. Douceur, gâterie.
2. Noms de desserts probablement imaginaires mais tout à fait dans le ton des noms de l'époque.

BLANCHE. Dame !... je ne sais pas, papa.

CORDENBOIS. Le coup-de-vent doit être plus léger...

Tous se mettent à rire.

CHAMPBOURCY. Allons, donnez-nous un coup-de-vent pour cinq... un fort coup-de-vent.

Tous rient plus fort.

CORDENBOIS. Une tempête !...

Explosion de rires. Colladan donne des coups de poing à Benjamin.

BENJAMIN, *à part, les regardant.* Ce sont des acrobates !

CHAMPBOURCY, *à Benjamin.* En avez-vous pour longtemps ?

BENJAMIN. Tout de suite... une petite demi-heure.

Il sort.

COLLADAN. Une demi-heure !... Je propose, en attendant, de monter dans la colonne de la place Vendôme.

BLANCHE. Oh ! oui, papa !... montons dans la colonne.

Tous remontent, excepté Champbourcy et Léonida.

CHAMPBOURCY. Je veux bien... c'est à deux pas.

LÉONIDA, *bas à Champbourcy.* Reste !... j'ai une communication à te faire...

CHAMPBOURCY, *étonné.* Une communication ?

LÉONIDA, *bas à Champbourcy.* Importante !

CORDENBOIS, *un peu au fond.* Je vous retrouverai ici, j'ai une petite emplette à faire dans le quartier...

CHAMPBOURCY, *à Blanche qui est redescendue.* Ta tante est un peu fatiguée, je reste avec elle... mais va avec M. Colladan.

BLANCHE. Oui, papa.

COLLADAN. Venez !... Je vous expliquerai la colonne..., elle a été rapportée d'Égypte... en un seul morceau [1].

---

1. Naturellement il y a confusion avec l'Obélisque de la place de la Concorde, offert par Mehemet Ali à Louis-Philippe, qui vient bien de Louqsor et qui est fait d'une seule pierre.

ENSEMBLE

AIR du finale des *Diables roses*

Allons / Allez } visiter la colonne !
Dans { votre / notre } ardeur à promener,
Faisons / Faites } en sorte que personne
Ne retarde le déjeuner.

Colladan sort en donnant le bras à Blanche. Cordenbois les suit par le fond, à gauche.

SCÈNE IV

LÉONIDA, CHAMPBOURCY

CHAMPBOURCY. Nous voilà seuls... Qu'est-ce qu'il y a ?

LÉONIDA, *embarrassée*. C'est que... je ne sais comment te dire...

CHAMPBOURCY. Tu as oublié quelque chose dans le wagon ? Que le bon Dieu te bénisse !

LÉONIDA. Non... je n'ai rien oublié... *(Avec émotion.)* Théophile... tu es mon frère... mon seul ami... jure-moi que tu ne me donneras pas ta malédiction...

CHAMPBOURCY, *étonné*. Moi ?...

LÉONIDA. Jure-le-moi !

CHAMPBOURCY. Est-ce que je sais donner ça ?

LÉONIDA, *avec effort*. Théophile... j'ai commis une faute !

CHAMPBOURCY. Toi ?... *(Incrédule.)* Allons donc !

LÉONIDA. Je suis coupable... bien coupable... j'aurais dû te demander ton autorisation...

CHAMPBOURCY, *révolté*. Mais je ne te l'aurais pas accordée !

LÉONIDA. La jeune personne... dont tu lis depuis quatre ans... l'annonce dans les journaux.

CHAMPBOURCY. Ah ! oui... qui consentirait à habiter une petite ville bien située... Eh bien ?...

LÉONIDA. Théophile ! *(Avec effort.)* C'est moi !...

CHAMPBOURCY. Comment ! c'est là ta faute ?... et c'est à cela que tu dépensais ton argent ?... C'est bien fait... mais ça n'a pas mordu !...

LÉONIDA. Si... ça a mordu... *(Se reprenant.)* Ça a réussi !

CHAMPBOURCY. Comment ! tu as trouvé ?...

LÉONIDA. Lis cette lettre... que j'ai reçue hier à La Ferté-sous-Jouarre.

CHAMPBOURCY, *ouvrant la lettre*. Signée X... Qu'est-ce que c'est que ça, X ?

LÉONIDA. C'est M. Cocarel... un intermédiaire obligeant...

CHAMPBOURCY. Ah !... le *cornac*[1] !

LÉONIDA, *blessée*. Cornac !

CHAMPBOURCY, *lisant*. « Mademoiselle... venez vite !... j'ai votre affaire... un homme dans une haute position, brun, gai, bien portant ; l'entrevue aura lieu demain soir à huit heures. »

LÉONIDA. C'est aujourd'hui !

CHAMPBOURCY, *lisant*. « Dans mes salons, rue Joubert, 55... Soyez exacte, et faites-vous accompagner d'un peu de famille... » *(Parlé.)* Il faudrait lui écrire que nous sommes à Paris.

LÉONIDA. C'est fait... Hier au soir, comme je ne pouvais dormir, je lui ai fait passer une dépêche...

CHAMPBOURCY. Quarante sous !... tu vas bien, toi !

LÉONIDA. Théophile... puis-je compter sur ton bras pour m'accompagner ?

CHAMPBOURCY. Certainement... je ne suis pas fâché de voir ça... Nous irons tous !

LÉONIDA. Comment ! M. Cordenbois et M. Colladan ?

CHAMPBOURCY. Nous ne leur dirons pas le motif... Ça corsera la famille...

LÉONIDA, *avec sentiment*. Avant peu... il faudra nous séparer... *(Elle l'embrasse.)* Oh ! dis-moi que tu ne m'en veux pas !

CHAMPBOURCY. Moi ? *(Lui prenant la main.)* Au contraire, chère enfant !... et, s'il faut te le dire, ça me fait plaisir...

LÉONIDA. Comment ?

CHAMPBOURCY. Oui... parce que, depuis quelque temps...

1. Nom du conducteur d'un éléphant (sert souvent à désigner un guide).

sans t'en apercevoir... tu deviens aigre, quinteuse[1], rageuse, insupportable...

LÉONIDA. Par exemple !...

CHAMPBOURCY. Du monde !... Nous reprendrons cette conversation...

SCÈNE V

LES MÊMES, SYLVAIN

SYLVAIN, *entrant par le fond, à lui-même*. Miranda doit être arrivée !... Tiens, M. Champbourcy.

CHAMPBOURCY et LÉONIDA. Sylvain !

SYLVAIN, *saluant*. Mademoiselle... monsieur...

CHAMPBOURCY. Ton père est ici !

SYLVAIN. Ah bah !

CHAMPBOURCY. Il est dans la colonne... mais il va venir déjeuner...

SYLVAIN. Dans ce restaurant ?

LÉONIDA. Attendez-le...

SYLVAIN, *à part*. Et Miranda, qui va arriver... *(Haut.)* Ah ! il est dans la colonne, papa ?... Alors je vais le retrouver.

Il veut sortir.

CHAMPBOURCY. Justement, le voici !

SYLVAIN, *à part*. Pincé !

SCÈNE VI

LES MÊMES, COLLADAN, BLANCHE ; puis BENJAMIN

COLLADAN, *entrant avec Blanche*. Nous voilà... J'ai acheté une pioche. *(Il la montre.)* C'était mon rêve !

BLANCHE, *le quittant*. Si vous croyez que c'est agréable de

1. Quinteuse (du syntagme « fièvre quinte ») se disait du cheval à l'humeur fantasque ou de la personne acariâtre. Vieilli, il n'en restait que l'expression classique « vieillard quinteux », souvent mal comprise.

se promener sur le boulevard avec un monsieur qui porte une pioche !

SYLVAIN, *se présentant*. Papa...

COLLADAN. Mon fils !... *(Il l'embrasse.)* Eh bien, comment va-t-elle ?

SYLVAIN. Qui ça ?

COLLADAN. La vache ?...

SYLVAIN. Vous êtes bien bon... Très mal.

LÉONIDA, *à Champbourcy*. Dis donc, si nous faisions la liste de nos commissions ?

CHAMPBOURCY. C'est une bonne idée... On nous en a fourré une botte [1]...

COLLADAN. Mais comment n'es-tu pas à ton école de Grignon ?

SYLVAIN, *embarrassé*. Moi ? parce que... j'ai été chargé de conduire la bête à Alfort [2]... pour une consultation qui a lieu à deux heures...

COLLADAN. Des médecins de bêtes !

SYLVAIN. Dites donc, papa, puisque je vous rencontre... si vous vouliez me donner mon mois, ça vous économiserait un port de lettre.

COLLADAN, *fouillant à sa poche*. C'est juste... *(Se ravisant.)* Mais non !... tu es seul à Paris... tu pourrais faire des brioches [3] !

SYLVAIN. Mais, papa...

COLLADAN. Je te donnerai ça ce soir... quand tu repartiras pour Grignon...

CHAMPBOURCY, *assis à la table de droite*. A propos ! ce soir, nous avons une invitation...

COLLADAN. Où ça ?

CHAMPBOURCY. Une soirée délicieuse... de la musique... des gâteaux... du punch... chez un de mes bons amis... un vieux camarade. *(Bas à Léonida.)* Comment l'appelles-tu ?

LÉONIDA, *bas*. Cocarel...

---

1. Un gros paquet.
2. École vétérinaire proche de Paris (Maisons-Alfort)
3. Familier pour « bêtises » ; origine anecdotique : l'Orchestre de Paris avait décidé, vers 1825, de taxer chaque fausse note d'une brioche à manger ensemble.

CHAMPBOURCY, *haut*. Cocarel... entrepreneur [1]... de déménagements.

BLANCHE. Oh ! papa !... est-ce qu'on dansera ?

CHAMPBOURCY. Certainement !... c'est une grande soirée...

BLANCHE. C'est que je n'ai pas de robe...

CHAMPBOURCY. Oh ! c'est une grande soirée... sans cérémonie.

COLLADAN. Je laisserai ma pioche au vestiaire. *(Montrant Sylvain.)* Le petit pourra-t-il en être ?

CHAMPBOURCY. Parbleu ! *(A part.)* Ça corsera la famille.

SYLVAIN, *à part*. Oh ! sapristi ! j'ai rendez-vous au bal de l'Opéra. *(Haut.)* Ce serait avec plaisir, mais...

COLLADAN. Je veux que tu connaisses le monde et les belles manières... d'abord je ne te payerai que là-bas...

Il va déposer sa pioche à gauche.

SYLVAIN, *vivement*. J'y serai ! *(A part.)* Je filerai après... *(Haut.)* Où demeure-t-il, M. Cocarel ?

LÉONIDA. 55, rue Joubert. Voici la liste de nos commissions...

BENJAMIN, *entrant à part*. Qu'est-ce qu'ils font là ?

CHAMPBOURCY, *vidant le sac de nuit sur la table et y dispersant des bagues, des lunettes, des bracelets, un éventail*. Des bracelets, des tabatières ! mais tu as dévalisé le pays !...

BENJAMIN, *à part*. Ah bah !

CHAMPBOURCY. Il faudra nous partager tout ça.

BENJAMIN, *à part*. Se partager tout ça ?... c'est bizarre. *(On sonne.)* Voilà ! voilà !

Il sort à gauche, tous se lèvent.

---

1. Patron de n'importe quelle entreprise commerciale (l'emploi n'est pas réservé aux métiers du bâtiment comme aujourd'hui).

SCÈNE VII

LES MÊMES, CORDENBOIS ; puis BENJAMIN

CORDENBOIS, *entrant ; il est très rouge et a l'estomac très protubérant*. Ouf !... je ne vous ai pas fait trop attendre ?... Tiens ! Sylvain !... Bonjour, mon garçon !...

SYLVAIN, *à part*. L'apothicaire[1] de là-bas. *(Saluant.)* Monsieur Cordenbois...

LÉONIDA, *à Cordenbois*. Comme vous êtes rouge !

CORDENBOIS. J'ai couru...

COLLADAN. Quoi que vous avez donc ?... on dirait que votre ventre vous a remonté dans l'estomac.

CORDENBOIS, *à part*. Ça se voit !

CHAMPBOURCY. Mais oui... vous avez l'air de Polichinelle.

CORDENBOIS. Tenez ! j'aime autant vous l'avouer tout de suite... c'est une petite faiblesse... je me suis aperçu depuis quelque temps que mon abdomen avait une tendance à la baisse... alors je me suis dit : « Puisque me voilà à Paris... je vais acheter une ceinture... sur la cagnotte... »

Pendant cette scène, Benjamin et un autre garçon ont placé deux tables bout à bout, au milieu du théâtre ; ils ont pris celle de gauche, premier plan, et celle de droite, troisième plan ; ils achèvent de dresser le couvert et mettent les mets sur la table.

TOUS. Bah !

CHAMPBOURCY. Ah ! coquet !... vous l'avez remonté...

CORDENBOIS. Oui... ils se sont mis à deux pour me sangler[2]... ça me gêne... mais le marchand m'a dit que ça se ferait[3].

BENJAMIN. Le déjeuner est servi !

TOUS. Bravo ! bravo !

Ils s'assoient, moins Sylvain.

---

1. Terme vieilli pour désigner un pharmacien.
2. Serrer la sangle qui tient la selle sous le ventre d'un cheval.
3. S'adapterait, se modifierait.

COLLADAN, *à Sylvain*. Approche... tu vas manger un morceau avec nous...

SYLVAIN. Merci... j'ai déjeuné ! *(A part.)* Et Miranda qui va venir !... si je pouvais filer !

Il veut partir.

COLLADAN, *l'arrêtant*. Allons, prends une chaise...

SYLVAIN. Oui... une chaise...

Il va en chercher une.

BENJAMIN, *bas à Sylvain*. Je crois que je t'ai trouvé une place, au *Bœuf à la mode*.

SYLVAIN, *le faisant taire*. Chut !... plus tard !

Il s'assoit près de son père ; Benjamin se tient derrière les consommateurs pour servir.

CHAMPBOURCY. Il embaume, ce melon !... la journée commence bien !

CORDENBOIS, *à part*. Ma ceinture me gêne...

COLLADAN, *à Sylvain*. Voyons... piochez-vous là-bas ? conte-moi ça ?

SYLVAIN, *embarrassé*. A Grignon ? mais oui... nous faisons les mars [1]...

COLLADAN. Tapez-vous sur la betterave ?

SYLVAIN. Mais nous y tapons... comme ci, comme ça...

COLLADAN. Bonne chose, la betterave ! mais faut de l'engrais... oui, oui... faut de l'engrais [2] !

CORDENBOIS. Je vous demanderai des truffes.

COLLADAN, *à Sylvain*. Et des naviaux ! faites-vous des naviaux ?

CHAMPBOURCY, *aux autres*. Ah çà ! est-ce qu'il ne va pas nous laisser tranquilles ?

SYLVAIN. Des naviaux ? mais oui... nous en faisons par-ci, par-là... *(A part.)* Qu'est-ce que ça peut être ?

COLLADAN. Bonne chose, les naviaux [3] !... mais faut de l'engrais... oui, oui... faut de l'engrais !

---

1. Voir note p. 25, note 2.
2. Désignait autrefois surtout le fumier ; plutôt réservé aujourd'hui aux produits industriels.
3. Façon régionale de désigner les navets qui produit un effet comique.

CORDENBOIS. Je vous demanderai des truffes.

CHAMPBOURCY, *le servant.* Vous allez bien, vous !

CORDENBOIS. Ah ! si je n'avais pas ma ceinture !

COLLADAN, *à Sylvain.* Et des carottes ! faites-vous des carottes ?

SYLVAIN. Ah ! je vous en réponds... c'est mon fort [1] !

COLLADAN. Bonne chose, la carotte !

SYLVAIN. Oui... quand ça prend !

COLLADAN. Mais faut de l'engrais... oui, oui... faut de l'engrais.

CHAMPBOURCY. Ah çà ! fichez-nous la paix avec votre engrais ! c'est ennuyeux de parler de ça en mangeant.

COLLADAN. Quoi ! ça n'est pas sale ! Pas vrai, petit ?

SYLVAIN. Non, papa...

LÉONIDA. C'est possible !... mais à table !...

COLLADAN. Faut pas faire la petite bouche ! tout ce que vous mangez, le pain, la viande, les radis... ça en vient ? Pas vrai, petit ?

SYLVAIN. Oui, papa...

LÉONIDA. Ah ! taisez-vous ! vous me coupez l'appétit.

BLANCHE. Je n'ai plus faim...

CORDENBOIS. Moi, ça m'est égal !... Je vous demanderai des truffes...

COLLADAN. Voyons, petit, toi qui es malin... sais-tu tuer un porc ?

CHAMPBOURCY. Allons ! voilà autre chose !

COLLADAN. Dis voir... comment que tu tues un porc.

SYLVAIN. Dame !... je lui donne la mort...

COLLADAN. Pas ça ! tu retrousses tes manches... tu prends ta bête...

TOUS. Oh ! assez ! assez !

SYLVAIN, *se levant.* Allons, bonjour, papa.

COLLADAN. Où que tu vas donc ?

SYLVAIN, *voulant partir.* A Alfort... pour ma consultation...

COLLADAN, *le retenant.* Allons ! prends un verre de vin.

Il verse.

---

1. Voir plus haut, p. 48, note 1.

SYLVAIN, *même jeu*. Merci, je...

COLLADAN, *même jeu*. Je te dis de prendre un verre de vin !

SYLVAIN, *trinque avec tout le monde*. Voilà.

Il boit.

COLLADAN. Ça retape un jeune homme, ça !...

SYLVAIN, *à part*. Ils en sont au dessert !... je guette leur sortie et je reviens. *(Saluant.)* Mesdames, messieurs...

Il veut partir.

COLLADAN, *le retenant*. Eh bien, tu ne m'embrasses pas !... *(Il l'embrasse.)* A ce soir !... fais-toi friser.

SYLVAIN. Soyez tranquille ! *(A part.)* C'est Miranda qui va m'attendre !

Il sort à gauche par le fond.

SCÈNE VIII

LES MÊMES, moins SYLVAIN

COLLADAN, *toujours à table*. Bon petit garçon ! ça ne se dérange pas [1]... ça aime la terre.

CHAMPBOURCY. Onze heures !... ne perdons pas de temps ! Garçon, la carte !

BENJAMIN. Tout de suite, monsieur.

Il sort.

LÉONIDA. Nous allons d'abord nous débarrasser de nos commissions.

CORDENBOIS. Ensuite, je propose l'Arc de triomphe.

BENJAMIN, *rentrant*. L'addition demandée.

CHAMPBOURCY, *prenant la carte*. Voyons... total... Comment ! cent trente-sept francs vingt-cinq centimes ?

TOUS, *bondissant et se levant*. Cent trente-sept francs !

CHAMPBOURCY, *à Benjamin, qui apporte des bols [2] et se tient debout derrière la table*. Qu'est-ce que c'est que ce plat-là ? Nous n'avons pas demandé ça !

---

1. Ne se détraque pas, ne se dérègle pas.
2. Des rince-doigts.

BENJAMIN. Ce sont des bols... de l'eau de menthe !

COLLADAN, *énergiquement*. Nous n'en voulons pas !

CORDENBOIS. Remportez ça !

BENJAMIN. Mais ça ne se paye pas !

TOUS, *exaspérés*. Remportez ça !

CHAMPBOURCY. Cent trente-sept francs ! Vous vous êtes dit : « Ce sont des provinciaux, il faut les plumer ! »

BENJAMIN. Mais, monsieur...

COLLADAN. Nous sommes aussi malins que toi, mon petit.

CORDENBOIS. D'ailleurs, les prix sont sur la carte.

CHAMPBOURCY. Donnez-moi la carte !

BENJAMIN, *la prenant sur une table et la remettant à Champbourcy*. Voilà, monsieur.

CHAMPBOURCY, *regardant*. J'en étais sûr... Melon, un franc la tranche.

COLLADAN. Pourquoi que vous portez dix francs ? Vous êtes un malfaiteur !

BENJAMIN. Il y a dix francs, monsieur... C'est le cadre qui cache le zéro.

TOUS, *regardant*. Oh !

CORDENBOIS. Mais la terrine de Nérac... deux francs.

BENJAMIN. Vingt francs, monsieur... C'est le cadre qui cache le zéro !

TOUS, *regardant*. Oh !

LÉONIDA. Nous sommes volés !

COLLADAN, *prenant la carte*. Tous les zéros sont cachés !

CHAMPBOURCY. Mais nous ne payerons pas... Où est le patron ?

BENJAMIN. Dans le salon à côté... Si ces messieurs veulent venir s'expliquer...

CHAMPBOURCY. Allons-y !

TOUS. Allons-y !

ENSEMBLE

Ne croyez pas qu'on rie
Chez vous à nos dépens.
C'est une perfidie,
Un affreux guet-apens !

Ils entrent tous à gauche, excepté Cordenbois.

SCÈNE IX

CORDENBOIS, BENJAMIN

Benjamin remet les tables en place.

CORDENBOIS. Moi, je n'aime pas à me disputer après mes repas... Mon ventre est remonté par-dessus mon estomac... Ça me gêne pour digérer... Si j'allais prendre un peu l'air... J'ai bien envie d'aller faire cette visite... M. X... rue Joubert, 55. C'est une idée folle... mais qui sait ?... le bonheur est peut-être là... *(Appelant.)* Garçon ?

BENJAMIN. Monsieur...

CORDENBOIS. La rue Joubert est-elle loin ?

BENJAMIN. Non, monsieur, vous tournez à droite... c'est la seconde à gauche...

CORDENBOIS. Merci... vous direz à ces messieurs que je les retrouverai à l'Arc de triomphe, dans une heure...

BENJAMIN. Bien, monsieur.

CORDENBOIS, *à part*. Le bonheur est peut-être là !

Il sort par le fond à gauche.

SCÈNE X

BENJAMIN, CHAMPBOURCY, COLLADAN, LÉONIDA, BLANCHE, LE DEUXIÈME GARÇON ; puis UN GARDIEN

On entend le bruit d'une discussion violente dans le salon à gauche.

BENJAMIN. Ils se disputent comme des enragés... Ces gens-là ne m'inspirent aucune confiance.

Il remonte.

CHAMPBOURCY, *entrant furieux, suivi de Colladan, de Blanche et de Léonida ; à la cantonade* [1]. Envoyez chercher qui vous voudrez, je ne payerai pas !

---

1. L'indication scénique « à la cantonade » signifie qu'on s'adresse à des personnes indéterminées, en coulisse par exemple (autrement dit « par-delà l'angle de la scène » (« cantonada » en provençal, voir « canton » = coin).

COLLADAN. Nous plaiderons[1] plutôt... C'est moi qui vous le dis.

LE DEUXIÈME GARÇON, *sortant de la gauche*. Un officier de paix[2]... Bien, patron !

Il sort par le fond.

CHAMPBOURCY. Un officier de paix ?... Allez chercher le diable !... Je m'en moque !

BLANCHE, *effrayée*. Oh ! papa !

LÉONIDA. Ils ne nous ont rabattu que le citron... cinquante centimes.

COLLADAN. C'est se ficher de nous !

BENJAMIN, *descendant, à Champbourcy.* Monsieur, votre ami m'a dit...

CHAMPBOURCY. Tu m'ennuies, toi !... *(Changeant de ton, à Benjamin.)* Voyons, pour en finir, veux-tu cent francs ?

BENJAMIN. Ça ne me regarde pas.

Il remonte.

CHAMPBOURCY. Très bien ! comme tu voudras. *(Bas aux autres.)* Ayons l'air de nous en aller... il va céder...

Tous prennent leurs chapeaux, sacs de nuit et paquets. Champbourcy prend son parapluie et Colladan sa pioche.

LE DEUXIÈME GARÇON, *entrant par le fond, suivi d'un gardien de Paris*. Les voilà... ils ne veulent pas payer.

CHAMPBOURCY. C'est-à-dire que nous ne voulons pas qu'on nous écorche[3].

LÉONIDA. Du melon à dix francs la tranche...

COLLADAN. Il y en douze... ça met le melon à cent vingt francs.

LE GARDIEN. Voyons, la carte ?

Benjamin la lui remet.

---

1. Intenterons un procès.
2. Gardien de la paix.
3. Se trouve déjà dans Molière avec le sens de « dépouiller » (de son argent en faisant payer trop cher).

CHAMPBOURCY. Mais c'est une forêt de Bondy [1], que leur carte... ils cachent les zéros ! ils ont l'infamie... *(En gesticulant, il agite son parapluie, une montre s'en échappe et tombe à terre.)* Tiens ! qu'est-ce que c'est que ça ?

TOUS. Une montre !

LE GARDIEN, *la ramassant*. A qui appartient cette montre ?

CHAMPBOURCY. Ce n'est pas à moi...

TOUS. Ni à moi.

LE GARDIEN, *l'examinant, à lui-même*. La chaîne est brisée... cette montre a été volée... *(Haut.)* Comment cette montre se trouve-t-elle dans votre parapluie ?

CHAMPBOURCY. Je n'en sais rien...

BENJAMIN, *bas au gardien.* Fouillez-les... ils ont bien d'autres choses dans leurs poches.

Il remonte.

LE GARDIEN. Hein ? *(A part).* Cette montre... ce refus de payer... *(Haut.)* Allons, suivez-moi, vous vous expliquerez au bureau.

COLLADAN. Quel bureau ?

LE GARDIEN. Au bureau de police...

TOUS, *avec effroi*. Au bureau de police ?

LE GARDIEN, *au garçon.* Venez aussi avec votre carte : on vous payera là-bas.

BLANCHE, *passant effrayée*. Oh ! papa, qu'est-ce qu'on va nous faire ?

CHAMPBOURCY. Ne crains rien, ma fille, l'homme intègre ne craint pas de se présenter devant la justice de son pays... Marchons !

TOUS. Marchons !

ENSEMBLE

LÉONIDA, CHAMPBOURCY, BLANCHE et COLLADAN

Rendons-nous tous au bureau de police,
Et dans ce lieu, par d'autres redouté,
Nous allons, grâce à la justice.
Reconquérir bientôt la liberté !

1. Forêt aujourd'hui disparue, au sud-est de Bobigny, en région parisienne, considérée comme un repaire de brigand.

BENJAMIN et LE DEUXIÈME GARÇON

Emmenez-les au bureau de police,
Dans cet endroit justement redouté,
Nous allons, grâce à la justice,
Les voir enfin perdre leur liberté !

LE GARDIEN

Rendons-nous tous au bureau de police,
Et dans ce lieu justement redouté,
Vous allez, devant la justice,
Vous expliquer en toute liberté !

Ils sortent tous, excepté le deuxième garçon.

SCÈNE XI

LE DEUXIÈME GARÇON ; puis FÉLIX ; puis SYLVAIN

LE DEUXIÈME GARÇON, *seul.* Coffrés ! je parie que c'est une bande !

FÉLIX, *entrant vivement du fond à droite.* Garçon ! un bifteck ! vite ! vite ! je suis très pressé !

Il va à la table, première place à droite.

LE DEUXIÈME GARÇON. Tout de suite, monsieur.

Il entre à droite.

FÉLIX, *seul.* J'ai été obligé de prendre le second train... mais où sont-ils ? où les retrouver ?... J'ai déjà visité le Panthéon et la tour Saint-Jacques... Après déjeuner, je ferai les colonnes [1].

Il s'assied.

SYLVAIN, *entrant du fond de gauche.* Je viens de les voir partir... Sachons si Miranda...

FÉLIX. Sylvain !

SYLVAIN. Monsieur Félix !

FÉLIX. Vous n'avez pas vu M. Champbourcy avec sa fille ?

SYLVAIN. Ils ont déjeuné ici...

---

1. Le pluriel produit un effet comique : les provinciaux veulent visiter « les colonnes » comme « les magasins ».

FÉLIX. Ah bah !... et où sont-ils ?

SYLVAIN. Je n'en sais rien.

LE DEUXIÈME GARÇON, *servant Félix.* Le bifteck demandé.

Il le pose sur la table.

SYLVAIN. Garçon... Tiens ! ce n'est pas le même... J'attends une dame...

LE DEUXIÈME GARÇON. Au numéro 4... elle est arrivée...

SYLVAIN. Ah ! enfin !

LE DEUXIÈME GARÇON. Elle a déjà fait pour trente francs de consommation.

SYLVAIN. Trente francs !

On entend sonner à gauche.

LE DEUXIÈME GARÇON, *passant.* C'est elle... elle sonne pour son melon...

SYLVAIN *à part.* Du melon... je lâche ! *(Haut.)* Vous lui direz que je suis tombé du jury [1]... pour quinze jours.

Il se sauve vivement par le fond, à droite ; sur le baisser du rideau on entend sonner et appeler.

FÉLIX. Garçon ! du pain !

On sonne vivement.

LE DEUXIÈME GARÇON, *ahuri.* Du pain au 5... le melon du 4... voilà ! voilà !

Il sort par la gauche. Le rideau tombe.

1. Désigné par le sort comme juré.

ACTE III

Une salle d'attente du bureau de police. Deux portes à gauche, fenêtre au fond. Une table à gauche, une chaise. Un banc de bois à droite.

SCÈNE PREMIÈRE

LES GARDIENS, CHAMPBOURCY, BLANCHE, LÉONIDA, COLLADAN

Champbourcy entre le premier, puis Léonida et Blanche, Colladan et le gardien.

LE GARDIEN, *les introduisant par la deuxième porte de gauche*. Par ici... entrez tous...

CHAMPBOURCY, COLLADAN, BLANCHE, LÉONIDA. ENSEMBLE

Affreuse destinée,
Et qui vient obscurcir
L'éclat d'une journée
Consacrée au plaisir.

LE GARDIEN. Attendez... je vais prévenir M. Béchut.

CHAMPBOURCY. M. Béchut ?...

LE GARDIEN. Le secrétaire de M. le commissaire... il va venir vous interroger...

Il sort. Tous posent leurs paquets sur la table.

SCÈNE II

LES MÊMES, moins LE GARDIEN

COLLADAN. On va nous interroger... mais puisque nous n'avons rien à répondre...

CHAMPBOURCY. Posez donc votre pioche... vous gesticulez.

Colladan va poser sa pioche dans un coin.

BLANCHE. Papa, je voudrais m'en aller...

CHAMPBOURCY. Ne crains rien... ce n'est qu'un malentendu...

LÉONIDA. En attendant, nous voilà en prison...

CHAMPBOURCY. D'abord, nous ne sommes pas en prison... nous sommes au bureau de police... Tous les jours on va au bureau de police.

COLLADAN. Si vous m'aviez écouté, nous serions en ce moment à la foire de Crépy... C'est votre faute...

CHAMPBOURCY. Ma faute ?... est-ce que je pouvais deviner qu'à Paris il poussait des montres dans les parapluies...

LÉONIDA. Aussi pourquoi as-tu pris ton parapluie ?...

CHAMPBOURCY. Pourquoi ?... pourquoi ? parce que Cordenbois m'a dit de le prendre. Tiens !... où est-il donc, Cordenbois ?

TOUS. C'est vrai !

COLLADAN. Je ne l'ai point vu...

CHAMPBOURCY. Il s'est éclipsé au moment du danger.

COLLADAN. Il se sera fourré sous une table.

BLANCHE. Au moins il est libre.

CHAMPBOURCY. Ma fille, je n'échangerais pas mes fers contre sa liberté !...

BLANCHE. Alors, tu crois qu'on va nous laisser sortir ?

CHAMPBOURCY, *avec un sourire important*. Je l'espère... Je verrai M. le secrétaire... je lui parlerai... je me ferai connaître...

COLLADAN. Je lui raconterai l'histoire de la cagnotte...

LÉONIDA. Nous lui dirons que nous sommes venus à Paris pour visiter les monuments.

BLANCHE. Et les boutiques...

CHAMPBOURCY. Oh ! mes enfants, si nous parlons tous à la fois, nous sommes perdus... il faut qu'un seul prenne la parole.

COLLADAN. Comme qui dirait l'avocat de la chose.

CHAMPBOURCY. Faites choix d'un homme calme, éloquent, logique... Si je vous parais réunir ces qualités...

BLANCHE. Ah ! oui, laissons parler papa.

COLLADAN, *à Champbourcy.* Ne craignez rien !... je vous donnerai un coup d'épaule.

CHAMPBOURCY, *voyant entrer Béchut.* Silence ! M. le secrétaire !

SCÈNE III

LES MÊMES, BÉCHUT

BÉCHUT, *entrant, première porte à gauche, avec des papiers à la main, les examinant.* Ah ! vous êtes quatre...

COLLADAN. Pour le moment.

BÉCHUT. Asseyez-vous.

Il prend place sur la chaise devant le bureau et consulte ses papiers

CHAMPBOURCY, *s'asseyant avec la société*[1] *sur le banc en face.* M. le secrétaire est mille fois trop gracieux... *(Bas aux autres.)* Ayez l'air calme... la bouche souriante... comme des gens qui n'ont rien à se reprocher. *(Tous se mettent à sourire.)* Très bien ! restez comme ça !

BÉCHUT, *quittant ses papiers.* Il s'agit d'une montre trouvée dans le parapluie de l'un de vous. *(Les voyant sourire.)* Pourquoi me regardez-vous en souriant ?

CHAMPBOURCY. Le sourire est l'indice d'une conscience tranquille.

BÉCHUT. Voyons... qu'avez-vous à répondre ?...

CHAMPBOURCY, *se levant.* Monsieur le secrétaire... il y a dans la vie des hommes, comme dans la vie des peuples, des moments de crise...

BÉCHUT. Il ne s'agit pas de cela !... bornez-vous à répondre à ma question... et surtout soyez bref... Comment cette montre s'est-elle trouvée dans votre parapluie ?...

CHAMPBOURCY. Avant d'entrer dans les détails de cette téné-

---

1. Voir p. 49, note 1.

breuse affaire, qui ne tend à rien de moins qu'à broyer sous son étreinte le repos et l'honneur d'une famille entière... je crois de mon devoir, comme homme, comme père, comme citoyen, de protester hautement de mon respect pour la loi... pour la loi que je n'hésite pas à proclamer...

BÉCHUT, *l'interrompant*. Mais vous ne me répondez pas...

COLLADAN, *se levant*. Monsieur le président, voilà la vérité.

BÉCHUT, *à Colladan*. Voyons, parlez, vous ! Ôtez votre chapeau.

COLLADAN. Merci, il ne me gêne pas.

BÉCHUT, *à Champbourcy*. Asseyez-vous.

COLLADAN. Bien sûr que sans la cagnotte nous ne serions pas ici vu que nous sommes partis ce matin par le train de cinq heures vingt-cinq.

BLANCHE. Et M. Félix a manqué le convoi...

BÉCHUT. Mais la montre...

CHAMPBOURCY, *se levant*. Si M. le secrétaire veut me permettre...

BÉCHUT, *à Champbourcy*. Non... asseyez-vous... *(Champbourcy et Colladan se rassoient. A Colladan.)* Continuez... Levez-vous donc !...

COLLADAN, *se levant*. Moi, j'avais voté pour la foire de Crépy... mais la majorité n'a pas voulu...

BÉCHUT, *à part*. Celui-là est idiot... *(Haut.)* Il résulte de tout ceci que vous n'êtes pas de Paris...

CHAMPBOURCY, *se levant*. Enfants de La Ferté-sous-Jouarre !...

BÉCHUT, *vivement à Champbourcy*. Asseyez-vous !... *(Colladan s'assied.)* Vous êtes venus à Paris en visiteurs ?...

COLLADAN, *se levant*. C'est la cagnotte.

CHAMPBOURCY, *se levant*. En admirateurs de la grande cité.

BÉCHUT, *à Champbourcy*. Voyons ! puisque vous voulez parler... parlez encore une fois. *(A Colladan.)* Asseyez-vous ! *(Ils se rassoient tous les deux ; à Champbourcy.)* Voyons, levez-vous !... *(Ils se lèvent tous les deux ; à Colladan.)* Pas vous... asseyez-vous... *(A Champbourcy.)* Levez-vous...

CHAMPBOURCY. Moi ?...

BÉCHUT. Oui, vous. *(Champbourcy reste debout, Colladan*

s'assied.) Comment cette montre volée s'est-elle trouvée dans votre parapluie ?

CHAMPBOURCY. Commandant des pompiers de La Ferté-sous-Jouarre, investi de fonctions qui m'honorent...

COLLADAN, *l'interrompant.* Il a donné une pompe à la commune.

CHAMPBOURCY. J'ai fait assez pour mon pays...

COLLADAN, *l'interrompant.* Monsieur le président, fils de fermier, *ex-fermier* moi-même... j'en ignore complètement au sujet de la montre...

BÉCHUT. C'est bien.

BLANCHE, *se levant.* Nous n'avons fait de mal à personne.

LÉONIDA, *se levant.* Si une existence pure et sans tache...

BÉCHUT. Assez !...

CHAMPBOURCY, *se levant.* Qu'on fouille dans ma vie... mon passé répondra de mon avenir...

BÉCHUT, *se levant.* C'est bien... asseyez-vous tous !... *(A part.)* Ils sont trop bêtes pour être dangereux !... *(Haut.)* Écoutez... je veux bien vous croire... Il n'y a pas de plainte contre vous... Je vais voir à vous faire remettre en liberté.

TOUS, *avec joie.* Oh !

Champbourcy, Léonida et Blanche se lèvent vivement, et Colladan, qui est à l'extrémité du banc, le fait basculer et tombe.

BÉCHUT. Mais prenez-y garde... l'autorité a l'œil sur vous...

Il sonne et se rassoit.

CHAMPBOURCY, *bas aux autres.* Je vous disais bien qu'on nous relâcherait... Mais Colladan a trop parlé.

LE GARDIEN, *paraît.* Monsieur... le garçon est là...

BÉCHUT. C'est vrai... il y a un témoin... faites-le entrer... Restez là, vous autres.

LE GARDIEN, *à la cantonade.* Venez !

SCÈNE IV

LES MÊMES, LE GARDIEN, BENJAMIN

Béchut à la table, le gardien au fond.

BÉCHUT, *à Benjamin.* Qu'avez-vous à dire ?

BENJAMIN. Moi ? rien... Je demande le payement de ma note.

BÉCHUT. Quelle note ?

BENJAMIN. La note du déjeuner... que ces messieurs n'ont pas voulu payer... la voici...

Il la remet à Béchut.

CHAMPBOURCY. Cent trente-sept francs ?... jamais !...

COLLADAN. Jamais !... nous ne payons pas les zéros !...

BÉCHUT, *examinant la note.* « Melon... tournedos à la plénipotentiaire... » Oh ! oh ! ce n'est pas là un déjeuner de bourgeois. *(A Champbourcy.)* Pourquoi avez-vous refusé de payer ?

CHAMPBOURCY. Parce que...

COLLADAN. Parce que Monsieur est un voleur !

BENJAMIN. Dites donc, vous !... s'il y a des voleurs ici, ce n'est pas moi... Si on voulait parler...

TOUS. Hein ?

BÉCHUT, *à Benjamin.* Qu'entendez-vous par ces mots ?... Je vous somme de vous expliquer...

CHAMPBOURCY. Moi aussi, je vous somme de vous expliquer !

BENJAMIN. Ce n'est pas malin... on n'a qu'à vous fouiller, vous et vos sacs... on verra bien vite ce que vous êtes...

CHAMPBOURCY, *étonné.* Nous et nos sacs ?

COLLADAN. Qu'est-ce qu'il veut dire ?

BÉCHUT, *qui a ouvert les sacs placés sur la table.* Une lorgnette... des bracelets... un éventail.

LÉONIDA. Des commissions dont on nous a chargés...

COLLADAN. Ce qui prouve que nous sommes d'honnêtes gens et qu'on ne craint pas de nous confier de la marchandise.

BENJAMIN, *ironiquement.* Oui... confier !...

COLLADAN. Qu'est-ce que tu dis, gringalet ?...

Il fait un mouvement vers Benjamin et laisse tom-

ber de son paletot un ciseau[1] *de menuisier.*

LE GARDIEN, *le ramassant et le remettant à Béchut.* Un ciseau de menuisier...

COLLADAN. C'est à moi !...

BÉCHUT. Un instrument d'effraction !...

CHAMPBOURCY, *bas à Colladan.* Pourquoi avez-vous acheté ça ?

BÉCHUT, *après avoir parlé bas au gardien.* Dans votre intérêt même, je vous engage à faire des aveux...

CHAMPBOURCY. Moi ? jamais !... j'ai assez fait pour mon pays !... S'il n'y a pas eu d'incendie... ce n'est pas ma faute !

COLLADAN. Nous sommes tous d'honnêtes gens...

TOUS. Nous n'avons pas fait de mal !...

BÉCHUT. Assez !... Suivez Monsieur... *(Il désigne le gardien)* dans la salle à côté... je vous rappellerai tout à l'heure... ces dames aussi !...

Béchut à la table, Benjamin près de lui.

LE GARDIEN. Allons ! marchez !

Ils recommencent à protester de leur innocence en parlant tous à la fois.

COLLADAN. Ne poussez pas !

Le gardien les fait tous entrer à gauche, deuxième plan. Le gardien sort le dernier et emporte tout ce qui est sur la table.

SCÈNE V

BÉCHUT, *assis* ; BENJAMIN

BÉCHUT, *à la table.* Rédigeons notre procès-verbal. *(A Benjamin.)* Voyons !... dites-moi tout ce que vous savez... A quelle heure sont-ils entrés chez vous ?

BENJAMIN. Il était à peine huit heures... J'achevais de balayer le salon, quand j'ai entendu crier au voleur, sur le boulevard.

---

1. Une lame droite (« les ciseaux » sont composés de deux lames).

BÉCHUT. Ah ! on criait au voleur ?... *(Il prend une note.)* Continuez...

BENJAMIN. Ils se sont précipités dans le café... l'air effaré... ils ont commandé à déjeuner... tout ce qu'il y avait de mieux... en disant qu'ils avaient de l'argent... comme qui dirait de l'argent trouvé...

BÉCHUT. Oh ! cet aveu est grave... *(Il prend une note.)* Continuez.

BENJAMIN. Il y en a qui sont sortis pendant qu'on préparait le déjeuner... la grosse femme est restée avec le chef de la bande... Elle lui a dit qu'elle était coupable... J'ai entendu derrière la porte... Quand les autres sont rentrés, ils ont étalé des bijoux sur une table... des bracelets, des lorgnettes, des tabatières... ils se sont partagé tout ça... et le chef a dit : « La journée commence bien... »

BÉCHUT. C'est clair... *(Il prend une note.)* Continuez.

BENJAMIN. En se mettant à table... Ah ! j'oubliais !... il y en a un qui est entré après les autres... un gros qu'on n'a pas pincé... il cachait quelque chose dans son gilet... ça lui remontait dans l'estomac... il disait : « Ça me gêne... mais ça se fera. »

BÉCHUT. Un contumax[1]. *(Il prend une note.)* Continuez.

BENJAMIN. Enfin, après avoir bien bu et bien mangé... ils ont refusé de payer... voilà !...

BÉCHUT. C'est bien... vous serez appelé comme témoin... vous pouvez vous retirer.

BENJAMIN. Et ma note ?...

BÉCHUT. On vous la payera au greffe[2] ; sortez par là. *(Benjamin sort, premier plan à gauche ; Béchut sonne ; au gardien qui paraît.)* Faites rentrer ces gens.

LE GARDIEN, *à la cantonade*[3]. Rentrez-tous !...

---

1. Accusé qu'on juge en son absence, autrement dit « par contumace ».
2. Lieu où se font les dépositions et qui fonctionne comme le secrétariat du tribunal.
3. Voir p. 65, note 1.

SCÈNE VI

BÉCHUT, CHAMPBOURCY, COLLADAN, LÉONIDA, BLANCHE, LE GARDIEN

TOUS, *rentrant exaspérés*. C'est une indignité ! une horreur !

CHAMPBOURCY. Je proteste au nom de la civilisation.

BÉCHUT. Qu'y a-t-il ?

CHAMPBOURCY. On nous a fait vider nos poches !

LÉONIDA. Et on nous a tout confisqué !

CHAMPBOURCY. Notre argent, nos montres, nos portefeuilles ! on ne nous a laissé que nos mouchoirs !

COLLADAN. Une chose inutile.

CHAMPBOURCY. C'est une atteinte aux droits de la propriété.

BÉCHUT, *se levant*. Allons ! assez de phrases !... Je vous connais maintenant... vous êtes une de ces bandes qui s'abattent sur Paris, les jours de fête, et s'en retournent le soir, après avoir fait leur coup !...

TOUS. Nous ?...

COLLADAN. Monsieur le président... fils de fermier... fermier moi-même...

BÉCHUT. Ne faites donc plus le paysan, c'est inutile ; nous la connaissons, celle-là !...

COLLADAN. Quoi ?

BÉCHUT. Je vais envoyer chercher une voiture pour vous conduire au Dépôt [1].

TOUS. Au Dépôt ?

BÉCHUT. Vous êtes tous des pick-pockets [2].

Il sort, suivi du gardien.

SCÈNE VII

LES MÊMES, moins BÉCHUT et LE GARDIEN

TOUS. Pick-pockets !

CHAMPBOURCY. Qu'est-ce que c'est que ça ?

---

1. Le premier lieu de détention (qui n'est pas la prison) lié au commissariat de police.

2. Attesté en français depuis la fin du XVIIe siècle, mais ne semble pas connu à La Ferté-sous-Jouarre.

Un pick-pocket.

Dessin de Cham.

BLANCHE. C'est un mot anglais... qui veut dire... fouilleurs de poches.

TOUS. Nous !...

COLLADAN. Et l'on va nous mettre en dépôt !... Quel dépôt ?...

CHAMPBOURCY. Nous arrêter, parbleu !...

On entend fermer à double tour la porte de l'extérieur.

COLLADAN. Cric ! crac !

CHAMPBOURCY. On nous enferme !

LÉONIDA. Et M. Cocarel qui m'attend ce soir ! Mon avenir est brisé !

BLANCHE. M. Félix ne voudra plus m'épouser !...

COLLADAN. Et Sylvain, tout frisé, qui m'attend dans le monde !

CHAMPBOURCY. Mes amis, vous sentez-vous capables d'une grande résolution ?

TOUS. Oui !

CHAMPBOURCY. Parlons bas !... Je vais vous proposer une de ces choses... qui font époque dans la vie d'un peuple...

TOUS. Ah ! mon Dieu !...

CHAMPBOURCY. Autrefois, il y eut un homme appelé Monte-Cristo [1]... c'est de l'histoire... la haine de la favorite le fit enfermer à la Bastille... il y resta trente-cinq ans !

COLLADAN et BLANCHE. Trente-cinq ans !

LÉONIDA. Comme Latude !

CHAMPBOURCY. Comme Latude !... Au fait... je crois que c'est Latude... ce n'est pas Monte-Cristo... Bref, ce que je veux vous proposer, c'est une évasion... Y consentez-vous ?

COLLADAN. Parbleu !... nous ne demandons que cela !... mais par où ? La porte est fermée !...

CHAMPBOURCY, *allant à la fenêtre ; tous remontent un peu.* Parlons bas !... la fenêtre nous reste...

LÉONIDA. Mais les dames ?...

---

1. Dans le célèbre roman d'Alexandre Dumas *Le Comte de Monte-Cristo* (1844), Edmond Dantès reste quatorze ans prisonnier au Château d'If, mais Champbourcy semble confondre avec Latude, emprisonné à la Bastille pour avoir offensé Madame de Pompadour.

CHAMPBOURCY, *courant à la fenêtre*. Un premier étage... au-dessous... une cour... avec un tas de fumier.

COLLADAN. De l'engrais... je connais ça... un vrai lit de plumes !...

LÉONIDA. Mais nous allons en soirée !...

CHAMPBOURCY, *poussant un cri*. Oh ! une corde !

Il la montre.

TOUS, *remontés près de la fenêtre*. Une corde !...

CHAMPBOURCY. Je m'y accroche !... une fois en bas... je me procure une échelle... Attendez-moi... *(Il saisit la corde ; on entend un bruit de cloche effroyable.)* Ah ! sapristi ! il y a une cloche au bout.

On entend grincer la serrure.

COLLADAN. On vient !...

Il s'assied à la place de Béchut.

CHAMPBOURCY, *s'éloignant de la fenêtre*. Du sang-froid !... Asseyez-vous tous !... souriez !...

Tous les quatre s'assoient sur le banc.

SCÈNE VIII

LES MÊMES, LE GARDIEN

LE GARDIEN, *entrant*. Quel est ce bruit ?

COLLADAN. Je n'ai rien entendu !

CHAMPBOURCY. C'est quelqu'un qui sonne dans la cour.

LE GARDIEN. Ne vous impatientez pas, la voiture ne va pas tarder à arriver.

Il ferme la fenêtre avec une barre de fer et un cadenas.

COLLADAN, *bas aux autres*. Il met les cadenas !

CHAMPBOURCY, *à part, fouillant à sa poche*. Et rien !... rien pour corrompre ce geôlier ! *(Se levant ; au gardien.)* Monsieur, on m'a tout pris... mais j'habite La Ferté-sous-Jouarre. Si jamais vous passez par là... ma maison... ma table...

LE GARDIEN. Plaît-il ?...

COLLADAN. Venez dîner chez nous... je vous ferai boire un petit reginguet [1].

LE GARDIEN. Une tentative de corruption ! je vais la faire consigner au procès-verbal !

Il sort.

SCÈNE IX

LES MÊMES, moins LE GARDIEN

CHAMPBOURCY. Flambés [2] !

COLLADAN, *poussant un cri.* Ah !

TOUS. Quoi donc ?

COLLADAN. Ma pioche ! ils ont oublié ma pioche !

TOUS. Eh bien ?

COLLADAN. Je fais un trou dans la muraille et nous filons par la maison voisine.

CHAMPBOURCY. Sublime !

Colladan remonte vivement.

LÉONIDA. J'aime mieux ça que la fenêtre.

CHAMPBOURCY. Allez ! dépêchez-vous !

COLLADAN, *lève la pioche et s'arrête.* Oui, mais ils vont m'entendre cogner par là !

Indiquant la droite.

CHAMPBOURCY. C'est vrai !

LÉONIDA. Comment faire ?

COLLADAN. Chantez tant que vous pourrez... ça couvrira le bruit.

---

1. Appellation qui ressemble au nom de divers vins nouveaux, très légers, qu'on boit seulement à la saison et sur place (reginglard, raspet, etc., selon les régions).

2. Ruiné, perdu.

CHAMPBOURCY. Comme dans *Fualdès*[1]. *(Aux femmes.)* Allons !

BLANCHE. Mais quoi chanter ?

LÉONIDA. Mon grand air de *Guillaume Tell*[2]...

CHAMPBOURCY. Non ! ça ne fait pas assez de bruit... La chanson que j'ai composée pour le banquet des pompiers... vous y êtes ? *(A Colladan.)* Tapez, vous !

Colladan se met à frapper contre la muraille de droite pendant que les trois autres chantent, groupés à gauche.

CHAMPBOURCY, BLANCHE, LÉONIDA
AIR de *Sologne*

Chez nous est arrivé
Un Champenois crotté,
Il était si crotté,
Qu'il en faisait pitié.

TOUS

Il secouait, secouait
Sa blouse, sa blouse
Il secouait secouait
Sa blouse, tant qu'il pouvait.

A la fin du couplet, plusieurs plâtras se détachent et tombent à terre.

COLLADAN. Ah ! saprelotte ! qu'est-ce que nous allons faire de tout ça ?

CHAMPBOURCY. Dans nos poches... il y a de la place...

Ils ramassent les débris et les mettent dans leurs poches.

COLLADAN. Là !... maintenant continuons.

Ils chantent.

1. Affaire criminelle très célèbre, devenue « l'Affaire Fualdès » du nom d'un magistrat égorgé en 1817 à Rodez (Aveyron) et dont les cris auraient été couverts par la musique d'un orgue de Barbarie. Le crime (probablement un règlement de comptes mêlant royalistes et bonapartistes) n'a jamais été élucidé et a fait l'objet d'une longue « complainte ».

2. Opéra de Rossini, créé en 1829.

Et où le mettrons-nous ?
Dedans notre cellier.

BLANCHE, *près de la porte, au fond, à gauche*. Chut ! on ouvre la porte !

CHAMPBOURCY. Ah ! sapristi[1] ! et le trou, comment le cacher ?

COLLADAN. Nom d'un nom !

CHAMPBOURCY. Ah ! Léonida ! plaque-toi là !

Il la pousse contre le mur, devant le trou.

COLLADAN. Juste la mesure !

CHAMPBOURCY. Ne bouge pas.

SCÈNE X

LES MÊMES, BÉCHUT

BÉCHUT, *entrant avec un papier et un crayon à la main*. Vous avez oublié de me donner vos noms et prénoms... J'en ai besoin pour rédiger mon procès-verbal.

CHAMPBOURCY. Théophile-Athanase Champbourcy, de La Ferté-sous-Jouarre, commandant...

BÉCHUT, *écrivant*. C'est inutile. *(Désignant Blanche.)* Mademoiselle ?...

BLANCHE. Blanche-Rosalie Champbourcy...

COLLADAN, *cachant sa pioche derrière son dos*. Jean-Cadet Colladan.

BÉCHUT, *à Champbourcy, désignant Léonida*. Madame est votre femme ?

LÉONIDA, *faisant un mouvement*. Sa sœur... Je suis demoiselle.

CHAMPBOURCY. Ne bouge pas.

Léonida se recolle contre le mur.

---

1. Voir p. 27, note 1.

BÉCHUT. Ne craignez rien... approchez... *(Elle ne bouge pas.)* Je vous dis d'approcher... Approchez donc !... *(Léonida quitte la place. Colladan la prend vivement et bouche le trou. A Léonida.)* Vous vous appelez ?

LÉONIDA. Zémire-Léonida Champbourcy.

BÉCHUT. C'est tout... Un jour de mardi gras, on trouve difficilement des voitures... mais il va en arriver une.

Il sort.

SCÈNE XI

LES MÊMES ; puis LE GARDIEN

TOUS. Il est parti !

COLLADAN, *frappant la muraille.* A la pioche ! chantez !

TOUS, *chantant.*

Et où le mettrons-nous ?
Dedans notre cellier.

COLLADAN, *les interrompant.* Chut ! le trou traverse !

TOUS. Sauvés !

CHAMPBOURCY. J'entends parler !

COLLADAN. Voyons chez qui nous allons entrer... *(Il aspire.)* Ça sent le tabac. *(Il regarde par le trou et recule épouvanté.)* Une caserne de municipaux [1] !

TOUS. Ah !

CHAMPBOURCY. Sapristi !

LE GARDIEN, *entrant.* La voiture est en bas... Allons, en route ! Un trou dans la muraille !... Qui est-ce qui a fait cela ?

COLLADAN. Ce sont les souris.

LE GARDIEN. Une pioche ! une tentative d'évasion !... votre affaire est bonne !... En route !

---

1. Gardes municipaux.

D'autres gardiens sont entrés et les entraînent pendant le chœur.

CHŒUR

AIR

LES GARDIENS

En prison
Qu'à l'instant on les mène,
Leur résistance est vaine,
Pas de raison !

LES AUTRES

En prison
Se peut-il qu'on nous mène,
La résistance est vaine,
Pas de raison !

Ils sortent.

ACTE IV

A Paris, chez Cocarel.

Le théâtre représente un salon brillamment éclairé. Trois portes au fond ouvrant sur un second salon. Porte à droite et à gauche. Secrétaire, cheminée à gauche. Deuxième plan, à droite, grand pupitre, sur lequel est un grand livre fermé par un énorme cadenas, candélabres, etc. Une table-bureau à gauche, premier plan, chaises, fauteuils, etc.

SCÈNE PREMIÈRE

COCAREL, JOSEPH

Au lever du rideau, Joseph achève d'allumer les bougies des candélabres.

COCAREL, *entrant du plan coupé gauche*. Dépêche-toi, Joseph.

JOSEPH. C'est fini, monsieur... Faut-il allumer aussi dans les autres salons ?

COCAREL. Mais certainement !... aujourd'hui grande soirée... entrevue de première classe. Une jeune personne de La Ferté-sous-Jouarre... cent mille francs de dot !... Tu as commandé des glaces, des petits fours ?

JOSEPH. Oui, monsieur.

L'acteur Lhéritier reprend le rôle de Cordembois en 1885.
Dessin de G. Cain.

Photo Roger-Viollet

COCAREL. Très bien, tu as prévenu aussi notre personnel de danseurs, de danseuses ?

JOSEPH. Oui, monsieur. Ils viendront tous... sauf M. Anatole.

COCAREL. Comment ! Anatole ne viendra pas ?... et pourquoi ?

JOSEPH. Il demande de l'augmentation... c'est mardi gras, il voulait dix francs.

COCAREL. C'est insensé ! il me semble que cinq francs et une paire de gants paille [1], c'est très raisonnable !

JOSEPH. C'est ce que je lui ai dit...

COCAREL. Je reconnais qu'il est très bien... sa tenue est parfaite !... Ce n'est qu'un premier clerc [2] de coiffeur... eh bien, l'autre jour, on l'a pris pour un attaché d'ambassade.

JOSEPH. Et puis il sent si bon !

COCAREL. C'est vrai !... il a toujours l'air de sortir d'un pot de pommade... ça fait bien dans un salon.

JOSEPH. Il a promis d'envoyer un de ses amis pour le remplacer.

COCAREL. C'est égal, je le regrette... c'était mon étoile... Enfin ! allume dans le grand salon... et baisse les lampes... jusqu'à ce qu'on arrive.

Joseph sort par le fond à droite.

SCÈNE II

COCAREL, *seul, regardant à la pendule*

Sept heures trois quarts... Si j'en crois sa dépêche : la belle Léonida ne tardera à arriver. *(Tirant un papier de sa poche et lisant.)* « Moi, venir à huit heures... moi, bien émue... moi, pas dormir... » Elle parle nègre, elle est peut-être créole... voyons son dossier. *(Il va à son pupitre et prend sur la tablette de dessous des papiers.)* Remettons-nous en mémoire les détails de sa personne. *(Prenant une lettre et lisant.)* « Je suis brune... » *(Parlé.)* Sapristi ! pourvu que ce ne soit pas une

1. Couleur jaune pâle.
2. Ne s'emploie guère pour dire « garçon coiffeur ». L'« entrepreneur » cherche probablement à produire un effet « chic ».

négresse [1] !... c'est très difficile à écouler !... Cependant l'année dernière j'en ai réussi une... mais c'est un autre prix !... je prends dix pour cent sur la dot au lieu de cinq. *(Lisant.)* « Mon front est pâle... » Ah ! elle est blanche. *(Lisant.)* « Une tendre mélancolie, tempérée par une douce gaieté, brille dans mes yeux ; je suis distinguée de manières sans afféterie [2], expansive, douce... » *(Parlé.)* Elle entend [3] le prospectus... *(Lisant.)* « Il ne m'appartient pas de parler de mon cœur ; mais, depuis mon enfance, je me suis dévouée à soigner un frère beaucoup plus âgé que moi ; c'est un vieillard goutteux, morose, désagréable... et cependant jamais une plainte ou un reproche ne s'est échappé de mes lèvres de roses. Enfin, si la personne me plaisait, je consentirais à habiter une petite ville bien située... »

SCÈNE III

COCAREL, SYLVAIN ; puis JOSEPH

SYLVAIN, *paraissant au fond, à gauche*. M. Cocarel ?

COCAREL. Hein ! que voulez-vous ?

SYLVAIN. C'est moi ; je viens pour la soirée.

COCAREL. Ah ! très bien ! *(A part.)* L'ami d'Anatole... son remplaçant. *(Haut.)* Attendez, il faut que je vous examine...

Il va au pupitre déposer ses papiers.

SYLVAIN, *à part, étonné*. Il va m'examiner !

COCAREL, *revenant*. Voyons ! tournez-vous !... pas mal !... pas mal !... votre gilet est bien... mais le pantalon n'est pas de la première fraîcheur...

SYLVAIN. Dame !... on met ce qu'on a.

COCAREL. Oh ! mon ami ! il manque un bouton à votre habit... Ah ! je n'aime pas ça !

SYLVAIN, *à part*. En voilà un qui épluche ses invités !

1. Préjugé classique de la société du XIXe siècle (on voit par exemple dans une nouvelle de Maupassant une famille de paysans refusant absolument que leur fils épouse une Antillaise qui pourtant leur plaît beaucoup).
2. Manières affectées.
3. S'y connaît.

COCAREL. Vous passerez au vestiaire... on vous en remettra un.

SYLVAIN, *à part*. Tiens ! on est raccommodé !

COCAREL. Je n'ai pas besoin de vous recommander de la tenue, de la réserve... un langage châtié, pas de mots équivoques, d'allusions grossières...

SYLVAIN. Oui... faut pas dire de bêtises aux dames.

COCAREL. Autre chose ! on passera des glaces... des bonbons assortis... vous n'y toucherez pas.

SYLVAIN, *étonné*. Ah !

COCAREL. Vous n'avez droit qu'à une brioche et à une tasse de thé.

SYLVAIN. Je n'aime pas le thé... c'est fadasse !

COCAREL. Fadasse ! voilà un mot que je n'aime pas... dites : « Le docteur me le défend... » Soyez homme du monde, palsambleu [1] ! attendez !

Il va à la table et prend une paire de gants dans le tiroir.

SYLVAIN, *à part, et passant*. Ah bien ! voilà un drôle de bonhomme ! il fait passer des glaces et il défend à ses invités d'en prendre !

COCAREL, *revenant avec une paire de gants blancs*. Tenez... voici vos gants...

SYLVAIN, *surpris*. Des gants !

COCAREL. Ayez-en soin... il faut que ça fasse deux fois... n'en mettez qu'un... vous tiendrez l'autre à la main... *(Lui donnant de l'argent.)* Plus vos cinq francs.

SYLVAIN. Comment ! cinq francs ?

COCAREL. Ne discutons pas, je vous prie !... cinq francs les cavaliers et trois francs les dames... c'est ce que je donne... c'est l'usage !

SYLVAIN, *mettant l'argent dans sa poche*. Si c'est l'usage... *(A part.)* Cinq et dix-sept que j'ai... ça fait vingt-deux... Après le bal de l'Opéra, je m'offrirai à souper.

COCAREL, *refermant le tiroir de la table*. Vous direz à Anatole que je ne suis pas content de lui... il augmente ses prix.

---

1. Juron produit par altération de « par le sang de Dieu », souvent entendu comme « par le sang bleu » ce qui crée une impression de noblesse !

SYLVAIN. Qui ça, Anatole ?

COCAREL. Eh bien, votre ami...

SYLVAIN. Je ne connais pas d'Anatole.

COCAREL. Comment !... mais, alors, qui est-ce qui vous envoie ?

SYLVAIN. C'est papa... il m'a dit de venir chez vous... je suis venu.

COCAREL. Ah ! je comprends !... M. votre père désire vous marier...

SYLVAIN. Je ne sais pas...

COCAREL. C'est évident !... je vous demande mille pardons. Je vous ai pris pour un de mes... Vous êtes un client... un fils de famille...

SYLVAIN. Je suis le fils à papa.

COCAREL, *lui reprenant le gant que Sylvain est en train de mettre*. Rendez-moi les gants et les cinq francs !

SYLVAIN. Ah ! il faut rendre... *(Rendant les gants et les cinq francs. A part.)* Quelle drôle de soirée !

COCAREL, *le faisant passer.* Asseyez-vous... Je vais vous inscrire sur mon grand livre... Là se trouvent les plus beaux partis de France.

Cocarel ouvre le cadenas de son grand livre qui fait un cric crac très bruyant.

SYLVAIN. Faudra graisser ça !

COCAREL. Veuillez avoir l'obligeance de me donner vos nom et prénoms.

SYLVAIN, *à part.* Qu'est-ce que je risque ? *(Haut.)* Sylvain-Jérôme Colladan...

COCAREL, *se ravisant.* Ah ! pardon ! déposez-vous les cinq louis [1] ?

SYLVAIN. Ah non, par exemple !

COCAREL. C'est pour les premières démarches.

SYLVAIN. Papa va venir ; il m'a donné rendez-vous...

COCAREL. Ici ? Très bien ! nous traiterons ensemble cette question.

---

1. Pièce d'or de vingt francs (à l'époque il s'agit du napoléon que l'on continue à appeler ainsi).

JOSEPH, *entrant de gauche*. Monsieur, voici vos invités qui arrivent !...

COCAREL, *il referme son livre*. Ces dames sont là... je vais les grouper.

SYLVAIN. Dites donc ! groupez-moi avec !...

COCAREL, *à Sylvain*. Venez !... venez !...

Ils sortent par le fond.

SCÈNE IV

JOSEPH ; puis CORDENBOIS

JOSEPH, *seul*. Le patron va être occupé ce soir... je me payerai quelques glaces... et pas mal de tasses de thé...

CORDENBOIS, *à la cantonade*[1]. C'est bien ! c'est bien !

Cordenbois paraît à la porte du fond ; il est en grande tenue : pantalon collant, gilet de satin blanc, jabot et claque[2].

JOSEPH. Ah ! le monsieur de ce matin... Allons prévenir M. Cocarel.

Il sort à droite.

CORDENBOIS, *entrant du fond*. Voilà ! j'ai loué tout ça chez Babin[3]. C'est tout neuf... et sauf deux taches de graisse qu'on a fait disparaître... seulement, je sens la benzine... je me suis arrosé d'eau de Cologne... *(Se flairant.)* Mais la benzine domine !... C'est peut-être une bêtise que je fais en venant ici... Après cela, elle ne peut pas m'entraîner bien loin !... De deux choses l'une : ou cette jeune fille... celle qui se fait annoncer dans le journal... est jolie ou elle est laide ; si elle est laide, j'en scrai pour les cinq louis que Cocarel m'a fait déposer ce matin... mais, si elle est jolie... je fais une magnifique affaire... je ne parle pas du bonheur qu'on a à épouser une jolie femme... Dame ! on n'est pas de marbre ! je me suis dit : Elle a cinq mille francs de rente... ma pharmacie en rapporte quatre : ça

1. Voir note 1, p. 65.
2. Chapeau claque, un haut-de-forme qui s'applatissait en claquant.
3. Loueur de costumes parisien (rue de Richelieu).

fait neuf. Je compte y joindre un petit commerce de mercerie, de parfumerie et d'épicerie... pour occuper ma femme... mettons mille francs seulement... ça me fera dix... autant que Champbourcy. Je donnerai une pompe à la commune... il sera furieux ! Il y a une chose qui m'inquiète... Cocarel m'a annoncé que j'avais un concurrent, c'est même pour lui que l'entrevue a été arrangée... mais, comme m'a fort bien dit l'entrepreneur[1] : c'est une lutte... au plus aimable ! *(Se flairant.)* Je crois que j'ai quelques chances... Mon Dieu, que je sens la benzine !... Ah çà ! je voudrais bien savoir ce que sont devenus les Champbourcy... je les ai attendus deux heures en haut de l'Arc de triomphe... je n'en suis descendu que lorsque le gardien m'a dit qu'on allait fermer le monument... Je n'ai vu personne ; ce n'est pas gentil !... quand on convient de manger une cagnotte, on ne doit pas la manger les uns sans les autres... je m'en expliquerai avec Champbourcy, ce soir, au chemin de fer... nous devons prendre le dernier train.

SCÈNE V

CORDENBOIS, COCAREL ; puis JOSEPH

COCAREL, *entrant du fond, très préoccupé. A part.* Neuf heures ! et Léonida n'arrive pas ! *(Apercevant Cordenbois.)* Ah ! vous voilà !

CORDENBOIS. Je suis en retard ?...

COCAREL. Non !... c'est la demoiselle... *(L'examinant.)* Ah ! très bien... le gilet a du style.

CORDENBOIS. N'est-ce pas ?

COCAREL. Ne bombez pas autant la poitrine... vous bombez trop.

CORDENBOIS. Je ne bombe pas exprès... c'est la ceinture... *(Se reprenant.)* C'est la nature.

COCAREL, *respirant l'air.* Quelle drôle d'odeur ! vous ne sentez pas ?

---

1. Voir note p. 59, note 1.

CORDENBOIS. Non... je ne sens rien... *(A part.)* La benzine. *(Haut.)* Dites-moi... ce monsieur... mon rival... est-il arrivé ?

COCAREL. Oui... il se promène dans les salons...

CORDENBOIS. Ah ! faites-le-moi voir.

COCAREL. Oh ! impossible !

CORDENBOIS. Dites-moi seulement s'il est beau.

COCAREL. Pas mal !

CORDENBOIS. Plus beau que moi, hein ?

COCAREL. Il a moins d'ampleur...

CORDENBOIS. Qu'est-ce qu'il fait ?

COCAREL. Oh ! c'est un homme !... je ne peux pas dire exactement.

CORDENBOIS. Est-il décoré ?

COCAREL. Non.

CORDENBOIS. Ah ! tant mieux ! Vous savez... vous m'avez promis de me faire passer le premier.

COCAREL. Soyez tranquille. *(A part, tirant sa montre.)* Neuf heures un quart... pourvu qu'elle arrive.

JOSEPH, *entrant vivement de droite avec un plateau chargé de glaces et de brioches.* Monsieur !

COCAREL, *vivement.* C'est elle ?

JOSEPH, *bas.* Non, c'est mademoiselle Amanda qui s'est jetée sur une glace et la mange... elle dit que c'est mardi gras.

COCAREL, *à part.* L'effrontée ! je vais lui parler. *(A Cordenbois.)* Vous permettez... on m'annonce l'arrivée d'un très grand personnage.

Il sort vivement par le fond à droite.

SCÈNE VI

CORDENBOIS, JOSEPH ; puis CHAMPBOURCY, BLANCHE, LÉONIDA

CORDENBOIS, *à part.* Il reçoit du très beau monde.

JOSEPH, *lui présentant son plateau.* Monsieur désire-t-il une glace ?

CORDENBOIS. Oui... à la vanille ! *(A part.)* J'ai mes raisons... *(Prenant une glace.)* Ça neutralisera ! Diable d'odeur ! je n'ose pas entrer dans le salon... mais si je pouvais de la porte découvrir mon rival...

Il remonte avec sa glace à la porte du fond et disparaît un moment.

JOSEPH, *à part*. Personne !... j'ai envie de m'offrir une glace.

Il gagne la droite.

CHAMPBOURCY, *entrant par la porte de gauche et parlant à la cantonade*. Entrez, entrez vite ! et fermez la porte.

COLLADAN, *entre vivement, suivi de Léonida et de Blanche*. Nous voilà !

JOSEPH, *à part*. Qu'est-ce que c'est que ceux-là ?

CHAMPBOURCY. Vous êtes sûr qu'on ne nous a pas suivis ?

COLLADAN. Nous sommes venus toujours en courant...

LÉONIDA. Jolie manière d'aller en soirée !

CHAMPBOURCY. Tu grognes toujours !... heureusement qu'il gèle... nous ne sommes pas crottés.

BLANCHE, *apercevant la cheminée*. Ah ! du feu !

Elle s'approche de la cheminée avec Léonida.

CHAMPBOURCY. Enfin nous sommes libres !

COLLADAN. Oui... il faudrait voir maintenant à manger un morceau... nous n'avons pas dîné.

Il remonte vers la cheminée.

CHAMPBOURCY. Et avec quoi ? ils ne nous ont laissé absolument que nos mouchoirs.

JOSEPH, *s'approchant*. Que demandent ces messieurs ?

CHAMPBOURCY, *apercevant le plateau*. Tiens ! des brioches !

COLLADAN. Des brioches !

Les femmes se lèvent ; pendant ce qui suit, Champbourcy prend des brioches sur le plateau, en passe derrière son dos à Colladan qui en passe à Léonida, qui en passe à Blanche. Colladan en met dans ses poches ; tous mangent.

CHAMPBOURCY, *à Joseph*. Mon ami... veuillez dire à M. Cocarel... que M. Champbourcy de La Ferté-sous-Jouarre est arrivé...

LÉONIDA. Avec sa sœur mademoiselle Léonida...

COLLADAN. Et M. Colladan, également de La Ferté-sous-Jouarre.

JOSEPH, *à part*. Ils ont de bonnes têtes ! *(Haut.)* Je vais prévenir Monsieur...

Il veut sortir.

COLLADAN, *s'accrochant vivement au plateau*. Le plateau ! laissez le plateau !

JOSEPH. Mais non, monsieur ! il faut que je le fasse circuler...

Il se dégage avec son plateau et sort par le fond.

COLLADAN. Puisqu'il circule nous le retrouverons.

Ils se groupent tous près de la cheminée.

CORDENBOIS, *entrant de droite, à part*. Diable d'odeur !... dans le salon, je me suis approché d'un monsieur, il a reniflé et il a dit : « C'est drôle ! on dirait qu'il y a une fuite de gaz... » C'est ma benzine.

CHAMPBOURCY, *l'apercevant*. Cordenbois !

CORDENBOIS. Champbourcy !

TOUS. Lui !

CHAMPBOURCY. Vous, ici !... Vous connaissez donc Cocarel ?

CORDENBOIS, *embarrassé*. Oui !... un ami... un vieil ami de vingt ans.

CHAMPBOURCY. C'est aussi le mien...

CORDENBOIS. Eh bien, vous êtes gentils !... Nous convenons de manger une cagnotte ensemble et puis vous me perdez !...

CHAMPBOURCY. Des reproches ? Je vous avoue, monsieur, que je ne m'y attendais pas.

LÉONIDA. C'est de l'impudence !

CORDENBOIS. Hein !

CHAMPBOURCY. Il y a des gens, monsieur, qui ont le talent de disparaître au moment du danger.

COLLADAN. Ils plongent sous les tables [1].

CORDENBOIS. Quoi ?

CHAMPBOURCY. Je n'apprécie pas... je constate... Je crois que Du Guesclin [2] n'eût pas fait cela !

---

1. Voir p. 71.
2. Bertrand du Guesclin (1320-1380), connétable de France, un des héros, très populaire, de la guerre de Cent Ans.

CORDENBOIS. De quoi parlez-vous ?

CHAMPBOURCY. De votre inqualifiable défection, monsieur !

CORDENBOIS, *se fâchant*. Ah ! mais, commandant...

CHAMPBOURCY. Je suis à vos ordres, monsieur.

LÉONIDA, *s'interposant*. Messieurs !

BLANCHE. Papa !

COLLADAN, *à part*. Ils sont toujours à s'asticoter !

CORDENBOIS. Je ne sais pas ce que vous avez !... je vous ai attendu pendant deux heures sur l'Arc de triomphe...

CHAMPBOURCY. Alors, il est fâcheux, monsieur, que l'aspect de ce monument, consacré à la gloire et au courage, n'ait pas éveillé en vous les sentiments...

CORDENBOIS, *avec force*. Commandant !...

CHAMPBOURCY, *de même*. A vos ordres !

COLLADAN, *intervenant et passant entre eux*. Mais vous êtes fous ! des amis !... des enfants de La Ferté-sous-Jouarre ! Voyons ! qu'on se donne la main !...

BLANCHE. Papa !...

LÉONIDA. Monsieur Cordenbois !...

CHAMPBOURCY, *tendant sa main à Cordenbois*. Soit !... je cède aux instances de ma famille.

CORDENBOIS, *lui serrant la main*. A la bonne heure ! Maintenant, dites-moi ce que vous êtes devenus !

Léonida et Blanche vont s'asseoir à la cheminée.

CHAMPBOURCY. Nous avons été battus par la tempête... pendant que certaines personnes rampaient sous les tables...

COLLADAN. C'est la montre et le ciseau qui sont cause de tout.

CORDENBOIS. De quoi ?

COLLADAN. Qu'on voulait nous conduire au Dépôt.

CORDENBOIS. Quel dépôt ?

CHAMPBOURCY. Nous voilà donc tous les quatre dans le fiacre...

COLLADAN. Et le gardien sur le siège, à côté du cocher...

CORDENBOIS, *cherchant à comprendre*. Oui...

CHAMPBOURCY. Comment nous évader ?

CORDENBOIS. Vous évader... d'où ?...

COLLADAN. Ah ! il ne comprend pas !... il faut vous dire que la pioche n'avait pas réussi... vu que c'était une caserne de municipaux... la corde non plus... vu que c'était une cloche.

CORDENBOIS. Oui.

COLLADAN, *à Champbourcy.* Maintenant, le voilà au courant, continuez...

CHAMPBOURCY. Arrivé sur le boulevard... le fiacre prend la file, à cause du bœuf gras [1] qui allait passer... On entend des sons de trompe, tout le monde crie : « Le voilà ! le voilà ! » Le gardien, qui était toujours sur son siège, regarde à droite... je mets le nez à la portière de gauche et j'aperçois quatre Pierrots qui faisaient des signes au cocher pour lui demander s'il était libre... Je leur fais oui de la tête... le fiacre allait au pas... j'ouvre doucement la portière... nous descendons... les quatre Pierrots montent à notre place... et nous nous perdons dans la foule.

COLLADAN. Pendant que le fiacre conduit les quatre Pierrots au Dépôt...

Tous se mettent à rire aux éclats.

CHAMPBOURCY. C'est superbe, ces quatre Pierrots !

COLLADAN. Et le gardien ! voyez-vous le nez du gardien ! *(A Cordenbois.)* Vous comprenez maintenant ?

CORDENBOIS. Pas un mot !

COLLADAN. C'est votre ceinture qui vous obscurcit !... mais quand on vous explique pendant une heure... *(S'arrêtant.)* Pristi ! que vous sentez mauvais !

CHAMPBOURCY, *à part.* C'est donc lui ?...

Colladan et Champbourcy vont à la cheminée.

CORDENBOIS. Encore ! Je sais ce que c'est ! *(A part.)* Il faut absolument que je me procure un flacon d'essence de musc [2]... je me le verserai dans le dos.

Il sort par le fond de droite.

BLANCHE, *à la cheminée.* Papa, j'ai soif...

COLLADAN. Moi aussi... c'est la brioche... Venez avec moi ! nous allons donner la chasse au plateau !

---

1. Le défilé du Carnaval comportait traditionnellement le bœuf qu'on mangeait avant d'entrer en Carême (c'est le sens du mot « Mardi gras »).
2. Une base de parfum particulièrement violente !

Il lui donne le bras. Colladan et Blanche sortent par le fond.

SCÈNE VII

CHAMPBOURCY, LÉONIDA ; puis COCAREL

LÉONIDA. M. Cocarel va venir.

CHAMPBOURCY. Je suis curieux de voir ce bonhomme-là !

LÉONIDA. Je ne suis pas trop décoiffée ?

CHAMPBOURCY. Non... mais tes souliers sont pleins de poussière... Attends !

Il tire son mouchoir et fait tomber un plâtras de sa poche.

LÉONIDA. Qu'est-ce que c'est que ça ?

CHAMPBOURCY. Une pierre de notre cachot. *(Il repousse la pierre du pied et se met à épousseter les souliers de Léonida. A part.)* Je suis convaincu que ça ne servira à rien... elle est trop mûre.

COCAREL, *paraissant à la porte du milieu au fond.* Enfin vous voilà !

CHAMPBOURCY. Oh !

Il s'essuie vivement la figure avec son mouchoir pour se donner une contenance.

COCAREL. On m'annonce à l'instant votre arrivée...

CHAMPBOURCY, *se présentant.* Théophile Champbourcy...

COCAREL, *saluant.* Enchanté ! *(A part, regardant Léonida.)* La maman ! *(Haut.)* Où est la jeune personne ?

CHAMPBOURCY. Qui ça ?

COCAREL. La belle Léonida.

LÉONIDA, *baissant les yeux.* C'est moi !

COCAREL, *vivement.* Ah bah !

LÉONIDA. Quoi donc ?

COCAREL. Rien... rien...

CHAMPBOURCY, *à part.* Elle a produit son effet... Je crois que nous pouvons filer !

COCAREL, *à part*. C'est un beau grenadier[1]... il faut s'y habituer.

CHAMPBOURCY. Voyons ! franchement... ça ne se peut pas, n'est-ce pas ?

LÉONIDA. Comment ?

COCAREL, *très gracieux*. Mais je ne dis pas cela... Mademoiselle est fort bien... et très capable d'inspirer une passion...

CHAMPBOURCY. Elle ! mais regardez-la donc !

LÉONIDA, *furieuse*. Théophile !

CHAMPBOURCY. Non... c'est pour répondre à Monsieur... L'épouseriez-vous, vous ?

COCAREL. Mais certainement... si les circonstances...

CHAMPBOURCY. Laissez-moi donc tranquille !

LÉONIDA. Théophile !... vous n'êtes qu'un sot... un impertinent comme toujours !

CHAMPBOURCY. Du reste, allez !... moi, je ne demande pas mieux... parce que, si vous connaissiez son caractère... il n'y a pas au monde d'être plus désagréable... plus acariâtre...

COCAREL, *remonte et passe*. Chut donc !

LÉONIDA. C'est faux... Monsieur, ne le croyez pas !...

CHAMPBOURCY. Et difficile sur la nourriture ! Mademoiselle ne mange pas de bœuf !... il faut jeter le bœuf !...

COCAREL. Mais pas si haut ! on peut vous entendre !

CHAMPBOURCY. C'est juste !... il est par là, le malheureux !

COCAREL. J'en ai deux !...

LÉONIDA, *joyeuse*. Deux ! Ah ! allons les voir !

Elle remonte.

COCAREL, *l'arrêtant*. Mais un instant, vous n'êtes pas habillée...

LÉONIDA. Comment ?

COCAREL. Une robe montante pour un bal...

LÉONIDA. Ah ! mon Dieu !... mais je n'ai pas de robe décolletée...

CHAMPBOURCY, *frappant sur son gousset*. Et je vous avoue que, s'il fallait en acheter une dans ce moment...

COCAREL. Soyez donc tranquille !... ici, tout est prévu...

---

1. Soldats célèbres pour leur forte carrure.

veuillez conduire Mademoiselle au magasin... *(Indiquant la porte de gauche.)* Par là... Vous demanderez Louise... c'est mon habilleuse... Quand vous sortirez de ses mains... personne ne vous résistera !

CHAMPBOURCY, *qui est remonté, revient en scène.* Tenez, Cocarel... si vous pouvez me la caser... je suis disposé à faire un sacrifice. J'ajoute vingt mille francs à la dot.

LÉONIDA, *avec sentiment.* Ah ! mon frère, ceci rachète bien des choses !

CHAMPBOURCY. Si on te case.

COCAREL. Cent vingt mille francs ! mais j'ai marié une négresse de cinquante-six mille francs !... Soyez tranquille !... Allez vous habiller.

CHAMPBOURCY. Oui... nous demanderons Louise... l'habilleuse... et je me donnerai un coup de brosse.

Il entre à gauche avec Léonida.

SCÈNE VIII

COCAREL ; puis SYLVAIN et COLLADAN ; puis CORDENBOIS

COCAREL, *seul, les regardant sortir.* Cinq pieds six pouces [1]... de la maturité ; mais cent vingt mille francs ! *(Trouvant la pierre tombée de la poche de Champbourcy.)* Tiens !... un plâtras. *(Il le ramasse et regarde le plafond avec inquiétude.)* On construit si mal aujourd'hui ! *(Il met la pierre dans sa poche.)* C'est de la corniche, probablement.

SYLVAIN, *entrant du fond et tenant son père par la main.* Entrez !... il désire vous voir...

COCAREL, *à la table de gauche et se retournant.* — Qu'est-ce que c'est ?

SYLVAIN. Voilà papa...

COCAREL. Ah ! monsieur, permettez-moi de vous remercier de la confiance que vous avez bien voulu m'accorder !

1. Façon de dire qu'on frôle le mètre quatre-vingts.

COLLADAN. On m'a dit que je pouvais venir sans cérémonie...

COCAREL. Comment donc ! ma maison est ouverte à tous les pères de famille... *(Montrant Sylvain.)* J'ai causé avec le jeune homme... il me plaît beaucoup.

COLLADAN. C'est pas encore malin... mais c'est bon enfant !

COCAREL. Soyez tranquille... nous lui trouverons une femme, et une bonne...

COLLANDAN. Comment ! vous auriez la bonté de vous occuper de lui ?

COCAREL. N'est-ce pas mon devoir ?

COLLADAN. Remercie donc Monsieur !...

SYLVAIN, *passant*. Merci, monsieur Cocarel... J'ai vu une petite boulotte dans le salon... tâchez de me trouver quelque chose dans ce genre-là.

COCAREL. Nous chercherons... Mais prenez donc la peine de vous asseoir !

COLLADAN, *passant*. C'est pas de refus.

Il s'assoit ainsi que Sylvain.

COCAREL. Vous tombez bien !... dans ce moment, j'ai de très belles occasions... Attendez ! je vais consulter mon livre.

Il ouvre son cadenas qui fait son cric crac habituel.

COLLADAN, *à Sylvain*. Pourquoi qu'il ouvre cette manivelle-là ?

SYLVAIN. J'en sais rien...

COLLADAN, *à part*. J'ai rencontré le plateau... j'ai refait ma provision de brioches.

Il en sort une de sa poche et la mange.

COCAREL, *consultant son registre*. Voyons !... je ne lis pas les noms... vous comprenez... la discrétion est le nerf de ma profession... *(Lisant.)* Numéro 2403... Cela fera peut-être votre affaire...

COLLADAN. Comment !... c'est des mariées que vous avez dans ce gros livre ?...

COCAREL. Certainement !... *(Lisant.)* « 2403... Cinquante mille francs de dot... »

COLLADAN. Je voudrais mieux que cela.

SYLVAIN. Moi aussi !

COCAREL. Attendez !...

Il feuillette son livre.

COLLADAN, *croyant tirer une autre brioche de sa poche, amène une pierre et mord dedans.* Ah ! saperlotte ! un caillou ! je m'ai ébréché [1] !

Il le pose à terre.

COCAREL. « Numéro 9827... quatre-vingt mille francs !... »

COLLADAN. Je préfère celle-là...

COCAREL, *lisant.* « Santé parfaite... caractère enjoué... musicienne si on le désire... »

COLLADAN. Oh ! nous ne tenons pas à ces bêtises-là.

COCAREL, *venant à eux.* Seulement il faut tout dire... elle a un œil...

SYLVAIN. Elle louche ?

COCAREL. Oh non !... elle est borgne... vous finiriez toujours par vous en apercevoir... j'aime mieux vous prévenir.

COLLADAN. Mon Dieu, nous ne tenons pas aux yeux...

SYLVAIN, *se levant.* Cependant, papa...

COLLADAN, *se levant.* On voit aussi bien avec un œil qu'avec deux.

COCAREL, *frappé d'une idée.* Mais j'y pense !... j'ai mieux que ça à vous offrir... une femme superbe.

SYLVAIN. Boulotte ?

COCAREL. Et un cœur !... Elle a consacré les plus belles années de sa vie à soigner un vieillard goutteux, repoussant...

COLLADAN. Ça, ça nous est égal !

SYLVAIN. Je n'ai pas de rhumatismes.

COCAREL. Cent vingt mille francs de dot !

COLLADAN. Mazette [2] !

SYLVAIN. J'en veux bien.

COCAREL, *à part.* Ça m'en fera trois à offrir à la belle Léonida.

COLLADAN. Tenez !... je vais vous proposer une affaire...

---

1. Je me suis ébréché une dent.
2. Sens proche de mauviette ; sert surtout d'interjection exprimant la surprise.

COCAREL. Voyons !...

COLLADAN. L'enfant épousera la demoiselle de quatre-vingt mille...

SYLVAIN. La borgne ?

COLLADAN. Oui, la borgne !... Et, moi, je m'arrangerai de celle de cent vingt mille.

COCAREL. Vous ?

SYLVAIN. Une marâtre !... à votre âge ?

COLLADAN. Il y a des dimanches où on est encore très gaillard !

Il indique un mouvement de danse, et manque de tomber.

COCAREL, *à part.* Au fait, ça me fera deux mariages !... le père et le fils. *(Haut.)* Je vais vous inscrire.

Il va à son pupitre.

COLLADAN. C'est ça, inscrivez-nous.

COCAREL, *revenant.* C'est dix louis...

COLLADAN. Hein ! pourquoi dix louis...

COCAREL. Cinq pour vous et cinq pour M. votre fils.

COLLADAN. Je veux bien vous faire un petit cadeau... mais, auparavant, je demande à voir les demoiselles...

COCAREL. Déposez d'abord.

COLLADAN. Non, faites voir auparavant.

COCAREL. Ce n'est pas l'usage.

COLLADAN. Alors je ne me marie pas... l'enfant non plus.

COCAREL. Comme vous voudrez !

Il ferme son cadenas.

SYLVAIN, *bas.* Papa, offrez-lui huit louis...

COLLADAN, *bas.* Mais puisque je n'ai pas le sou !... on nous a pris la cagnotte...

SYLVAIN, *à part.* Pas le sou ! et je pose depuis deux heures... Je file au bal de l'Opéra.

Il sort par le fond.

CORDENBOIS, *entrant de droite, pan coupé.* Je vous dérange ?

COCAREL, *il passe.* Non... entrez donc.

COLLADAN, *à part.* J'ai encore soif... C'est la brioche... Je vais à la découverte du plateau.

COCAREL, *bas à Colladan.* Réfléchissez... cent vingt mille francs de dot !

COLLADAN, *remontant pour sortir.* Faites voir auparavant !... je ne sors pas de là... *(Cocarel le suit. Apercevant le plateau, qui passe dans le grand salon.)* Ah ! voilà le plateau, qui passe dans le grand salon.) Ah ! voilà le plateau ! *(Il sort vivement.)* Jeune homme !...

Il sort par le fond.

SCÈNE IX

COCAREL, CORDENBOIS

CORDENBOIS. Eh bien, est-elle arrivée ?

COCAREL. Oui.

CORDENBOIS. Vous l'avez vue ? Est-elle blonde ? moi, d'abord, je n'aime que les blondes.

COCAREL. Ce n'est plus cent mille francs, c'est cent vingt mille francs qu'elle a !

CORDENBOIS. Est-il possible !

COCAREL. Par exemple, elle est brune.

CORDENBOIS. Oh ! ça ne fait rien. Je n'aime que les brunes !

COCAREL, *trouvant à terre le caillou laissé par Colladan et le ramassant.* Tiens !

Il regarde de nouveau le plafond avec inquiétude.

CORDENBOIS, *passant.* Qu'avez-vous ?

COCAREL. Ça fait deux !

Il met la pierre dans sa poche.

CORDENBOIS. Oh ! je suis d'une impatience !... présentez-moi !

COCAREL. Restez ici... elle va venir seule dans ce petit salon.

CORDENBOIS. Quand ça ?

COCAREL. Tout de suite. Je ferai en sorte que personne ne vous dérange... et surtout... *(S'interrompant.)* C'est drôle comme ça sent le musc !

CORDENBOIS. Ne vous inquiétez pas de ça... vous me disiez : « Et surtout ? »

COCAREL. Surtout ne bombez pas comme ça ? *(Près de la porte.)* Vous bombez trop !

Il entre à droite.

SCÈNE X

CORDENBOIS ; puis LÉONIDA ; puis COCAREL

CORDENBOIS, *seul.* C'est ma ceinture... Si je l'ôtais ?... Oh ! non !... elle pourrait me surprendre... C'est drôle ! je suis ému... comme un enfant... si j'allais ne pas lui plaire... Relevons mes boucles...

LÉONIDA, *entrant de gauche ; elle est en robe de bal. A part.* M. Cocarel m'a dit que je trouverais ce jeune homme dans ce petit salon... voilà que j'ai peur ! *(Apercevant Cordenbois.)* Oh ! M. Cordenbois !... quel ennui !...

CORDENBOIS, *l'apercevant, à part.* Mademoiselle Léonida ! elle va me gêner !...

LÉONIDA, *à part.* Il faut l'éloigner !

CORDENBOIS, *à part.* Débarrassons-nous-en !... *(Haut.)* Votre frère vous cherchait tout à l'heure... de l'autre côté...

LÉONIDA, *à part.* Une idée ! *(Haut.)* C'est que je n'ose entrer dans ce salon... une femme seule... Voulez-vous avoir l'obligeance de m'offrir votre bras ?

CORDENBOIS. Avec plaisir.

LÉONIDA, *à part.* Je le perds dans la foule et je reviens.

CORDENBOIS, *à part.* Une fois entrés... je la lâche ! *(Haut.)* Mademoiselle...

Il lui offre son bras avec galanterie et tous deux sortent par le fond. A peine sont-ils sortis que Cocarel entre par la porte de droite.

COCAREL. Eh bien, qu'est-ce que nous disons ?... Tiens ! personne ! où sont-ils donc ?

Il sort vivement par la porte du milieu. Au même instant, Cordenbois et Léonida rentrent par le fond, l'un par la porte de gauche, l'autre par la porte de droite.

LÉONIDA, *de gauche*. Perdu !

CORDENBOIS. Lâchée !

LÉONIDA, *l'apercevant*. Vous ?

CORDENBOIS, *de même*. Encore ?

COCAREL, *reparaissant par la porte du milieu*. Ah ! les voilà !

SCÈNE XI

CORDENBOIS, COCAREL, LÉONIDA

COCAREL, *se plaçant entre eux, très souriant*. Eh bien, qu'est-ce que nous disons ?

LÉONIDA. Quoi ?

CORDENBOIS. Plaît-il ?

COCAREL, *à Léonida*. C'est lui ! *(A Cordenbois.)* C'est elle !

CORDENBOIS. Léonida ?

LÉONIDA, *exaspérée*. Le pharmacien ? je n'en veux pas !

CORDENBOIS. Moi, non plus !

LÉONIDA. Mais nous nous connaissons !...

COCAREL. Ah bah !

CORDENBOIS. Nous jouons la bouillotte depuis vingt ans !...

LÉONIDA. Si c'est pour ça que vous m'avez fait venir à Paris ?

CORDENBOIS. Rendez-moi mes cinq louis !

COCAREL, *les calmant*. Mais non !... mais non !... j'en ai d'autres... les plus beaux partis de France !

CORDENBOIS. Allez au diable !

Il sort avec mauvaise humeur.

LÉONIDA. Je repars à l'instant... rendez-moi ma robe !

COCAREL. Attendez donc !... celui-là ne compte pas !... l'autre, celui pour lequel je vous ai écrit... dans une haute position... il est là...

LÉONIDA. Ah !

COCAREL. Un jeune homme charmant ; je vais le chercher.

Il sort par le fond.

SCÈNE XII

LÉONIDA ; puis COCAREL et BÉCHUT

LÉONIDA, *seule.* Un jeune homme charmant... il va venir... tâchons d'être belle.

Elle se place devant la glace, à la cheminée, et arrange sa toilette.

COCAREL, *introduisant Béchut par le fond.* Allons, du courage !... la voici !

BÉCHUT, *apercevant Léonida de dos.* C'est une belle femme !

COCAREL. Je vous laisse... soyez éloquent.

Il sort par le pan coupé à droite.

SCÈNE XIII

LÉONIDA, BÉCHUT

BÉCHUT, *galamment.* Mademoiselle...

LÉONIDA, *à part, mettant la main sur son cœur.* Il est là !

BÉCHUT. Permettez-moi de bénir le hasard qui me fait vous rencontrer seule dans ce salon isolé...

LÉONIDA, *minaudant.* C'est bien le hasard, en effet... *(Le reconnaissant, et à part.)* Ciel ! le monsieur qui nous a interrogés chez le commissaire !

Elle se détourne.

BÉCHUT. Qu'avez-vous donc ?

LÉONIDA. Moi ?... rien.

BÉCHUT, *à part.* L'émotion... Elle est très belle... mais il me semble l'avoir déjà vue quelque part... *(Haut.)* Pardon, n'étiez-vous pas aux Italiens [1], mardi dernier ?...

LÉONIDA, *se détournant.* Non... ce n'est pas moi. *(A part.)* Il ne me reconnaît pas !

BÉCHUT. Mademoiselle, je n'ai pas l'honneur d'être connu de vous... mais je vous connais, moi...

---

1. Le Théâtre des Italiens, où l'on joue les opéras-comiques.

LÉONIDA, *effrayée*. Non, monsieur... vous vous trompez !

BÉCHUT. Je sais que vous avez donné vos plus belles années à un vieillard chagrin... *(A part.)* Mais où diable l'ai-je vue ?

LÉONIDA. En vérité... je ne mérite pas !... je n'ai fait que mon devoir... *(A part.)* Comment m'en aller ?

BÉCHUT. Pardon ! n'étiez-vous pas samedi au Jardin d'Acclimatation [1] ?

LÉONIDA. Non, monsieur... excusez-moi... mais je suis engagée [2] pour la valse.

Elle passe près de la cheminée en cherchant à gagner le fond.

BÉCHUT, *à part*. Bien sûr, je l'ai vue quelque part... et il n'y a pas longtemps.

SCÈNE XIV

LES MÊMES, CHAMPBOURCY, COLLADAN

CHAMPBOURCY, *en entrant du fond à gauche, bas à Léonida.* Eh bien, ça marche-t-il ?

BÉCHUT, *se tournant vers Léonida*. Mademoiselle ! *(Apercevant Champbourcy.)* Ah !

CHAMPBOURCY, *le reconnaissant*. Ah ! le commissaire !

Léonida sort en courant par le fond, suivie de Champbourcy.

COLLADAN, *entrant du fond à gauche*. J'ai encore soif.

BÉCHUT, *le reconnaissant*. L'autre !

COLLADAN, *le reconnaissant*. Le président !

Il se sauve par le fond.

---

1. Zoo récemment aménagé à l'intérieur du Bois de Boulogne, une création du Second Empire.

2. Invitée ; les dames notaient à l'avance (sur leur carnet de bal) les invitations à danser.

SCÈNE XV

BÉCHUT, *seul*

BÉCHUT. Ce sont eux... toute la bande ! Allons chercher la garde... (*Criant.*) A la garde !... à la garde !...

ACTE V

Une rue. Au fond à droite, un bâtiment en construction fermé par des planches. A gauche, une boutique d'épicier, et une autre de fruitière, à droite ; un banc sous la fenêtre, deuxième plan ; premier plan, un grand panier d'œufs.

SCÈNE PREMIÈRE

TRICOCHE, MADAME CHALAMEL

Au lever du rideau, le jour commence à paraître ; l'épicier achève d'ouvrir sa boutique. On entend au-dehors des sons de trompe.

TRICOCHE. Sont-ils embêtants avec leurs trompes !... Je n'ai pas fermé l'œil de toute la nuit.

MADAME CHALAMEL, *ouvrant sa porte et arrangeant ses œufs dans le panier.* Bonjour, voisin...

TRICOCHE. Ah ! madame Chalamel... je suis le vôtre. *(Indiquant le panier d'œufs.)* On voit que le carême [1] commence aujourd'hui... l'œuf frais va donner.

MADAME CHALAMEL. Je réserve ceux-là depuis quinze jours...

1. Les quarante jours qui précèdent Pâques durant lesquels les chrétiens doivent faire pénitence et se priver de viande.

TRICOCHE. Quinze jours !... des œufs frais !... après ça, vous ne pouvez pas les perdre.

Il va à sa boutique.

MADAME CHALAMEL. Comme vous dites...

TRICOCHE, *nouveau bruit de trompe.* Cristi ! qu'ils sont embêtants... *(Entrant.)* Au revoir, voisine.

MADAME CHALAMEL. Bonjour, voisin !

Tous deux rentrent.

SCÈNE II

CHAMPBOURCY ; puis COLLADAN et CORDENBOIS

La scène reste un moment vide, puis une planche du bâtiment en construction s'écarte, et l'on voit passer la tête de Champbourcy.

CHAMPBOURCY, *regardant de tous côtés.* Personne !... je puis me hasarder. *(Il enlève une planche et entre en scène par la brèche.)* Nous avons passé la nuit là-dedans... A peine avions-nous fait vingt-cinq pas, en nous sauvant de chez Cocarel, que nous avons aperçu M. Béchut... avec quatre hommes et un caporal... Léonida s'est évanouie. Impossible d'aller plus loin, nous étions en face de ce bâtiment en construction. Alors j'ai eu l'idée... car c'est moi qui ai toutes les idées... mes compagnons de voyage sont d'une nullité !... Cordenbois gémit et Colladan rage... j'ai donc eu l'idée d'introduire ma sœur dans ces planches... Nous l'avons couchée sur un lit de copeaux et sur des habits de maçon que nous avons trouvés... elle dort... et nous avons bivouaqué là... sur des brouettes !

CORDENBOIS, *passant sa tête par l'ouverture.* Pst ! pst !

CHAMPBOURCY. Hein ?... Ah ! vous m'avez fait peur !

CORDENBOIS. Il n'y a personne ?

CHAMPBOURCY. Non !

CORDENBOIS, *entrant en scène dans son costume du quatrième acte.* Ah ! quel voyage, mon Dieu !... quel voyage !

CHAMPBOURCY, *à part.* Voilà !... c'est son refrain depuis hier soir !

COLLADAN, *passant la tête au-dessus des planches et faisant un signal.* Prrrrrit ! prrrrrit !

CHAMPBOURCY. A l'autre, maintenant...

COLLADAN. Peut-on entrer ?

CHAMPBOURCY. Oui.

COLLADAN, *entrant en scène et éclatant tout à coup. Ils sont tous les trois couverts de plâtre.* C'est une infamie ! c'est une horreur ! ça ne peut pas durer comme ça ! Je proteste !

CHAMPBOURCY. Qu'avez-vous ?

COLLADAN. Je suis las de dormir dans les démolitions, de dîner avec des brioches et de ne pas déjeuner du tout !

CORDENBOIS, *plaintif.* Quel voyage, mon Dieu ! quel voyage !

CHAMPBOURCY. Mais soyez donc tranquilles... dès que ma sœur sera réveillée, nous partirons pour La Ferté-sous-Jouarre...

COLLADAN. Mais avec quoi ? puisqu'on ne nous a rien laissé... pas un rouge liard [1] ! C'est une infamie ! c'est une horreur ! Je proteste !

CHAMPBOURCY. Nous n'avons pas d'argent... c'est vrai ; mais Cordenbois en a, lui !

CORDENBOIS. Moi ?

CHAMPBOURCY. Dame ! vous n'étiez pas avec nous chez le commissaire ?

COLLADAN. C'est vrai !

CORDENBOIS. Permettez... je suis parti avec cent quatorze francs pour mes dépenses personnelles.

CHAMPBOURCY. C'est plus qu'il n'en faut.

COLLADAN, *tendant la main.* Donnez !

CORDENBOIS. Mais je n'ai plus rien !

CHAMPBOURCY et COLLADAN. Comment ?

CORDENBOIS. Ce filou de Cocarel m'a fait déposer cinq louis pour me montrer votre sœur, que je vois pour rien depuis vingt ans.

COLLADAN. Mais les quatorze francs ?

CORDENBOIS. J'ai acheté une ceinture.

---

1. Pièce de bronze, valant le quart d'un sou, et qui n'est plus en circulation depuis longtemps.

CHAMPBOURCY. Mais vous avez votre montre...

CORDENBOIS. Je l'ai mise en gage pour me procurer ce costume... Je redois même dix francs à M. Babin[1]... J'avais compté sur la cagnotte pour aller reprendre mes habits...

CHAMPBOURCY. Nous voilà bien !

COLLADAN, *trépignant*. C'est une horreur ! c'est une infamie !

CORDENBOIS. Quel voyage, mon Dieu ! quel voyage !

CHAMPBOURCY. Voyons, quand vous passerez votre temps à geindre ou à rager ! Nous en avons vu bien d'autres ! la Providence[2] est là !

CORDENBOIS, *poussant un cri, mouvement de frayeur des autres*. Ah !... dix sous !... dans la poche de mon gilet.

CHAMPBOURCY. Qu'est-ce que je vous disais ? La Providence !

COLLADAN. Mais, nom d'un nom ! qu'est-ce que vous voulez faire de dix sous... pour cinq ? *(Tendant la main.)* Donnez-les-moi toujours !

CHAMPBOURCY, *les prenant*. Du tout !... ils sont à la communauté !... elle va décider ce qu'il faut en faire... Qui est-ce qui demande la parole ?

CORDENBOIS et COLLADAN, *ensemble*. Moi.

CHAMPBOURCY. Ah ! nous allons recommencer ! Cordenbois, parlez ! Vous êtes le plus vieux.

CORDENBOIS. Messieurs... quel voyage, mon Dieu ! quel voyage !...

CHAMPBOURCY. Après ?...

CORDENBOIS. Je n'ai pas autre chose à dire.

CHAMPBOURCY, *à Colladan*. A vous...

COLLADAN. Avec les dix sous, je propose d'acheter du pain et des saucisses... voilà !

CHAMPBOURCY. Eh bien, après ? quand vous les aurez mangés ?

COLLADAN. Ah, dame !

---

1. Voir p. 95, note 3.
2. Façon chrétienne traditionnelle de supposer que Dieu veille sur les hommes.

CHAMPBOURCY. Remarquez-vous comme vous avez l'intelligence ratatinée ?...

CORDENBOIS. Que voulez-vous ! l'adversité me flanque par terre !

CHAMPBOURCY. Moi, c'est le contraire... je grandis avec les difficultés !... le péril m'exalte !... j'étais né pour les grandes choses... Je vais d'abord acheter un timbre à vingt centimes.

COLLADAN. Mais ça ne se mange pas !

CORDENBOIS. Il ne nous restera plus que six sous... Quel voyage !

CHAMPBOURCY. Avez-vous confiance en moi, oui ou non ?

COLLADAN. Allez !

CHAMPBOURCY. J'écris à Baucantin, notre ingénieux receveur des contributions ; je le prie de nous envoyer cinq cents francs.

CORDENBOIS. Cinq cents francs !

COLLADAN. Nous sommes sauvés !

CORDENBOIS. Mais si on ne lui affranchissait pas la lettre ?

CHAMPBOURCY. Je le connais... il la refuserait[1].

CORDENBOIS. C'est juste.

COLLADAN. Je demande à placer une observation... Où nous ferons-nous adresser la réponse ?... nous n'avons pas de domicile, nous sommes traqués, poursuivis !...

CORDENBOIS. Et comment vivrons-nous d'ici là ?

CHAMPBOURCY. Enfants de La Ferté-sous-Jouarre ! croyez en moi !... Autrefois, quand je venais à Paris, je descendais rue de l'Echelle, hôtel du Gaillardbois[2]... je payais grassement la bonne... elle doit se souvenir de moi...

CORDENBOIS. Eh bien ?

COLLADAN. Après ?

CHAMPBOURCY. Je me fais adresser la réponse de Baucantin à l'hôtel du Gaillardbois ; nous nous y installons, nous y vivons confortablement, mais sans luxe... et, quand les cinq cents francs arriveront...

CORDENBOIS. J'irai reprendre mes habits chez M. Babin.

---

1. Voir Acte I, scène 1.
2. Hôtel qui a réellement existé vers 1820 et qu'utilise déjà Balzac dans *Les Illusions perdues*.

CHAMPBOURCY. Qu'est-ce que vous dites de ça ?

CORDENBOIS. C'est du génie !

COLLADAN. Vous êtes un ange !...

CHAMPBOURCY, *enthousiasmé*. Je ne suis pas un ange... Je suis doué... voilà tout. Je vais acheter un timbre... de là, j'entre dans un café, je demande une plume, de l'encre...

COLLADAN. Allons à l'économie.

CHAMPBOURCY. Ça ne se paye pas !... Vous, tâchez de réveiller Léonida.

Il sort par le fond, à gauche.

SCÈNE III

COLLADAN, CORDENBOIS ; puis BLANCHE ; et LÉONIDA ; puis TRICOCHE

CORDENBOIS. Comment la réveiller ?... Elle ronfle comme un canon.

COLLADAN. J'ai envie de lui verser de l'eau froide dans le cou.

BLANCHE, *sortant par la brèche et introduisant Léonida*. Prenez garde, ma tante...

CORDENBOIS et COLLADAN. La voici !

LÉONIDA, *dans son costume de bal du quatrième acte, descend en scène*. Où sommes-nous ?... D'où sors-je ?... *(Regardant.)* Pourquoi ces vêtements de fête... cette robe de gaze qui... ?

Elle bâille.

COLLADAN, *à part*. C'est un reste... *(Haut.)* Secouez-vous un peu.

TRICOCHE, *qui est entré et a placé plusieurs objets à sa devanture ; à part, regardant Léonida et Cordenbois*. Tiens ! des masques !

Il rentre en haussant les épaules.

BLANCHE. Ah ! il pleut !

CORDENBOIS. Et pas de parapluie ! Quel voyage !

COLLADAN. Rentrez dans vos planches... ça ne sera rien...

LÉONIDA. Oh ! jamais ! Les ouvriers peuvent venir... et, s'ils me trouvaient dans un pareil costume..., pour qui me prendraient-ils ?

CORDENBOIS, *à part*. J'ai les mollets à la glace ! *(Haut.)* Mesdames, j'ai aperçu hier un magasin... *Aux Villes de France*... il y a écrit sur la porte : Entrée publique... et on est chauffé.

BLANCHE. Oh ! allons-y !... nous regarderons les étoffes.

COLLADAN. Surtout n'achetez rien !

CORDENBOIS. Mesdames, je vous offre mon bras... c'est près d'ici.

ENSEMBLE

AIR des *Mousquetaires de la Reine*

Tous les trois au plus vite,
Allons / Allez } non loin d'ici,
Dans ces lieux qu'on visite,
Demander un abri.

Cordenbois, Blanche et Léonida sortent par la droite, entre la boutique de fruiterie et les planches servant de clôture à la construction.

SCÈNE IV

COLLADAN ; puis CHAMPBOURCY, UN GARÇON DE CAFÉ ; puis TRICOCHE

COLLADAN, *seul*. Je ne l'ai pas dit aux autres... il me reste une brioche.

Il la tire de sa poche et la mange.

CHAMPBOURCY, *entrant du fond gauche et se querellant avec un garçon de café qui le suit*. A La Ferté-sous-Jouarre, c'est cinq sous !

LE GARÇON. A Paris, c'est huit sous !

COLLADAN. Qu'est-ce qu'il y a ?

CHAMPBOURCY. Pour écrire, ils m'ont forcé à prendre quelque chose... j'ai demandé un verre d'eau sucrée... C'est cinq sous...

LE GARÇON. Huit sous !

COLLADAN, *bas à Champbourcy.* Allons, payez-le...

CHAMPBOURCY, *bas.* Impossible ! j'ai acheté un timbre !

COLLADAN. Ah, bigre !

CHAMPBOURCY, *au garçon.* Voulez-vous six sous ?

COLLADAN, *à part.* Notre tout !

LE GARÇON. Quand on n'a pas d'argent, on ne consomme pas !

CHAMPBOURCY. Soyez poli !... je vous ferai voir qui je suis ! *(Bas à Colladan.)* Appelez-moi commandant !

LE GARÇON. Soyez le Grand Turc [1] si vous voulez... mais payez-moi.

CHAMPBOURCY. Soit... suivez-moi jusqu'à mon hôtel...

COLLADAN, *à part.* Il est pétri d'idées...

LE GARÇON. Est-ce loin ?...

CHAMPBOURCY. Rue de l'Échelle... hôtel du Gaillardbois.

LE GARÇON. Ah ! vous demeurez hôtel du Gaillardbois, vous ?

CHAMPBOURCY. Inévitablement !

LE GARÇON. Laissez-moi donc tranquille !... il est démoli depuis douze ans !

CHAMPBOURCY, *à Colladan.* Sapristi [2] ! j'ai mis ma lettre à la poste !

COLLADAN. Cinq cents francs de perdus !...

LE GARÇON. Tenez, vous n'êtes que des faiseurs de dupes !

CHAMPBOURCY, *furieux.* Polisson !...

COLLADAN. Attendez... je vais l'arranger...

Champbourcy veut se jeter sur le garçon ; mais Colladan, exaspéré, le fait pirouetter et prend sa place ; le mouvement brusque qu'il imprime à Champbourcy le fait tomber sur la devanture de l'épicier, dont il casse un carreau.

TOUS. Ah !

---

1. Nom traditionnellement donné au sultan de l'Empire ottoman depuis le XVIIe siècle ; sert à désigner un grand personnage mythique.
2. Voir p. 41, note 2.

TRICOCHE, *sortant vivement de sa boutique*. Un carreau cassé... c'est trois francs cinquante !

Le garçon rejoint Tricoche, ils restent un plan au-dessus.

CHAMPBOURCY, *atterré*. Bien ! deux créanciers !

SCÈNE V

LES MÊMES, SYLVAIN ; puis MADAME CHALAMEL

SYLVAIN, *entrant par le fond à gauche. Sa mise est débraillée. Il est très gai et chante à tue-tête.*

Tiens, voilà mon cœur,
Ah !
Tiens, voilà mon cœur !

COLLADAN, *le reconnaissant*. Mon fils !... nous sommes sauvés...

CHAMPBOURCY, *au garçon et à Tricoche*. Vous allez être payés...

SYLVAIN. Tiens ! papa !

Il veut l'embrasser.

COLLADAN. Donne-moi ton porte-monnaie... (*Fouillant dans une de ses poches d'habit.*) Un faux nez !

CHAMPBOURCY, *qui a fouillé dans une autre poche de gilet*. Voilà la porte-monnaie !... (*L'ouvrant.*) Deux sous !

COLLADAN. Pas plus !

CHAMPBOURCY, *payant le garçon*. Deux et six font huit... Tenez, maroufle [1] ! (*Le garçon sort.*) Voilà toujours une dette éteinte !

TRICOCHE. Eh bien, et moi ?

CHAMPBOURCY. Attendez, que diable !... si vous croyez que c'est facile !

Il feint de chercher dans ses poches.

1. Injure un peu vieillie, « personnage grossier et stupide » (de la même racine que le verbe « maroufler », terme technique de l'encollage des papiers peints).

COLLADAN, *à Sylvain*. Ah çà !... Comment n'es-tu pas à Grignon ?...

SYLVAIN, *très gris*. Grignon ? J'y ai dit bonsoir !... Je veux être garçon de café... j'ai une place au *Bœuf à la mode*...

COLLADAN. Il est gris !... Je vais lui flanquer une danse !

SYLVAIN. J'ai encore soif... *(Appelant.)* Garçon ! une chope !...

Colladan le prend, le fait pirouetter et l'envoie tomber sur le panier d'œufs, qu'il casse.

TOUS. Ah !

MADAME CHALAMEL, *sortant vivement de sa boutique*. Mes œufs !... des œufs tout frais !

COLLADAN. Je vous en enverrai d'autres...

MADAME CHALAMEL. Du tout... c'est vingt-cinq francs !

CHAMPBOURCY. Bien ! deux créanciers !

SYLVAIN, *à la fruitière*. Ne pleurez pas, la vieille !... venez chez moi, je n'ai pas le sou, mais je vous donnerai un fauteuil...

La fruitière va rejoindre l'épicier.

COLLADAN. Chez lui !

CHAMPBOURCY. Il a un domicile !

COLLADAN. Nous sommes sauvés... nous vendrons ses meubles... *(A Sylvain.)* Où demeures-tu ?

SYLVAIN, *gris*. — Dans une maison... *(Cherchant à se rappeler.)* Attendez... il faut passer un pont...

CHAMPBOURCY. Le pont des Arts ?...

SYLVAIN. Non.

COLLADAN. Le Pont-Neuf ?...

SYLVAIN. Non... c'est le numéro 118... mais je ne me rappelle pas la rue...

COLLADAN, *le bousculant et le faisant passer*. Butor [1] !

CHAMPBOURCY. Animal !

SYLVAIN. Je ne suis pas à mon aise !

Il va s'asseoir sur le banc qui est devant la fruitière et s'y endort. On entend des cris dans la rue.

---

1. Insulte courante en langue classique, avec le sens de « lourdaud », « abruti ».

SCÈNE VI

LES MÊMES, CORDENBOIS, LÉONIDA et BLANCHE

Ils entrent en courant, du même plan que pour leur sortie.

CHAMPBOURCY et COLLADAN. Qu'y a-t-il ?...

CORDENBOIS. Ce sont des gamins... ils me poursuivent en criant : « Voilà le marquis ! à la chie-en-lit[1] ! »

Il remonte.

LÉONIDA. Et aux *Villes de France*, le commis m'a dit : « Madame, le carnaval est passé, rentrez chez vous ! »

CORDENBOIS. Quel voyage, mon Dieu ! quel voyage !

TRICOCHE, *à Champbourcy.* Ah çà ! est-ce pour aujourd'hui, oui ou non ?...

BLANCHE. Que demandent ces gens ?

TRICOCHE, *à Champbourcy.* Mon carreau !

MADAME CHALAMEL, *de même*. Mes œufs !

CHAMPBOURCY. C'est vrai ! je les avais oubliés. *(Il recommence à fouiller dans toutes ses poches. Colladan l'imite.)* Comment sortir de là *(Tout à coup, en regardant Léonida.)* Ah ! nous sommes sauvés !

COLLADAN. Encore !

CHAMPBOURCY, *montrant Léonida.* Elle a ses boucles d'oreilles ! on lui a laissé ses boucles d'oreilles !

COLLADAN. Faut les vendre !

CORDENBOIS. Hein ?

Il remonte.

CHAMPBOURCY. Je sais ce que tu vas me dire... C'est un souvenir de Cordenbois... ton compère[2]...

LÉONIDA. Ce n'est pas cela... mais...

CHAMPBOURCY, *à Léonida.* Donne toujours... je cours chez le premier bijoutier.

CORDENBOIS. Arrêtez ! c'est inutile !

TOUS. Pourquoi ?

---

1. Sans doute des comptines traditionnelles pour Carnaval.
2. Voir acte I, scène 1.

CORDENBOIS, *très gêné*. Mon Dieu ! je ne sais pas comment vous dire ça... c'est du faux !

TOUS. Du faux ! ! !

LÉONIDA. Ah ! le pleutre[1] !

COLLADAN. Le rat !

CHAMPBOURCY. Le cuistre[2] !

CORDENBOIS. Ce n'est pas ma faute... Dans ce moment-là, j'étais gêné... je venais de perdre une forte partie de sangsues[3]...

CHAMPBOURCY. Ah ! monsieur ! donner de faux diamants à une femme !... je crois que le duc de Buckingham[4] n'eût pas fait cela...

CORDENBOIS. Dame !... il n'avait pas perdu de sangsues... *(A part.)* Je m'en suis bien tiré !

TRICOCHE, *s'approchant*. Ah çà ! nous ne pouvons pas perdre notre journée à vous attendre !

MADAME CHALAMEL. Payez-nous !

CHAMPBOURCY et COLLADAN. Attendez...

Ils recommencent à fouiller dans toutes leurs poches.

TRICOCHE. Oh ! nous en avons assez... je vais chercher M. Béchut.

Il se dirige, avec Madame Chalamel, vers le fond ; tous le suivent.

TOUS, *effrayés*. Béchut !

COLLADAN. Le président !

CHAMPBOURCY. Mais non, ma brave femme !...

---

1. Injure qui a plus généralement le sens de « poltron », mais qui, au milieu du XIXe siècle, désigne en effet quelqu'un d'avare.

2. Injure qui à l'origine désignait le marmiton (racine de « cuisine ») puis quelqu'un de pédant et de grossier. Correspond à peu près à « personne sans éducation mais qui veut se donner de l'importance ».

3. Les pharmaciens vendaient ces animaux pour tirer du sang aux malades.

4. Référence assez floue aux *Trois Mousquetaires* d'Alexandre Dumas (le duc doit y rendre les bijoux et non les donner).

SCÈNE VII

LES MÊMES, FÉLIX

FÉLIX, *entrant par la droite et les apercevant.* Ah ! je vous trouve enfin !

TOUS. M. Félix !

COLLADAN. Nous sommes sauvés !

CHAMPBOURCY, *vivement à Félix.* Mon ami, ma fille est à vous !... Avez-vous de l'argent ?

FÉLIX, *remerciant.* Ah ! monsieur...

CHAMPBOURCY, *énergiquement.* Avez-vous de l'argent ?

FÉLIX. Oui !

TOUS. Il en a !

CHAMPBOURCY. Payez ces drôles... Vingt-cinq francs à cette femme... Trois francs cinquante à cet homme.

FÉLIX. Je ne comprends pas... mais je paye...

Il paye Tricoche et Madame Chalamel, qui rentrent dans leurs boutiques.

CORDENBOIS. Quelle chance de vous avoir rencontré !

FÉLIX. Je vous cherche depuis hier... dans tous les monuments... Cette nuit, je suis allé au bal de l'Opéra, espérant vous y trouver...

BLANCHE, *à Félix.* Et vous en sortez à neuf heures ?

FÉLIX. Oh non !... je sors de chez le commissaire.

TOUS. Comment ?

CHAMPBOURCY. Lui aussi !

FÉLIX. Il faut vous dire que cette nuit, dans un couloir, je me suis trouvé face à face avec mon voleur...

TOUS. Quel voleur ?

FÉLIX. Celui qui m'avait pris ma montre [1]... hier, sur le boulevard...

CHAMPBOURCY, *étonné.* Tiens !

FÉLIX. Je l'ai fait arrêter... mais il n'a pas pu me la rendre, vu qu'il l'avait jetée dans le parapluie d'un imbécile qui regardait les gravures.

CHAMPBOURCY. Dans le mien ! C'était moi !...

---

1. Voir scènes 2 et 3 de l'Acte II.

TOUS. C'était lui !...

COLLADAN. Ah ! cette fois, nous sommes sauvés !

CHAMPBOURCY. Notre innocence sera reconnue !

CORDENBOIS. On nous rendra la cagnotte.

CHAMPBOURCY. Mon ami, je vous donne ma fille...

FÉLIX, *remerciant*. Ah ! monsieur !...

CHAMPBOURCY. Avez-vous de l'argent ?

FÉLIX. Toujours !

CHAMPBOURCY. Très bien... nous allons commencer par déjeuner...

SYLVAIN, *se réveillant*. Moi... je veux être garçon de café !

COLLADAN, *allant à lui*. Puisque tu veux servir... tu serviras les vaches ! Je te remmène à La Ferté-sous-Jouarre.

CHAMPBOURCY. Après déjeuner, nous nous présenterons le front calme devant M. le commissaire.

COLLADAN. Je lui redemanderai ma pioche.

CHAMPBOURCY. Il nous rendra la cagnotte, et, cette fois, nous la mangerons à La Ferté-sous-Jouarre...

CORDENBOIS. Oui... une bonne dinde truffée !

FÉLIX et BLANCHE. Non... un bal !

COLLADAN. Non... la foire de Crépy !

LÉONIDA. Une visite au camp de Châlons !

CHAMPBOURCY. Voyons, du calme !... Nous irons aux voix... Qui est-ce qui demande la parole ?

TOUS. Moi !... moi !...

CHAMPBOURCY. Nous déciderons ça à La Ferté-sous-Jouarre. Allons toujours déjeuner, et la main aux dames.

TOUS. Allons déjeuner !

CHŒUR

Les tracas, les soucis,
Sont terminés, j'espère...
Sans regrets on peut faire
Ses adieux à Paris.

RIDEAU

Table

IMPRIMÉ EN FRANCE PAR BRODARD ET TAUPIN
Usine de La Flèche (Sarthe).
LIBRAIRIE GÉNÉRALE FRANÇAISE - 6, rue Pierre-Sarrazin - 75006 Paris.
ISBN : 2 - 253 - 13644 - 1 ♔ 31/3644/7